JOHN SLADEK

# AUF HEISSER SPUR

24 KRIMINALRÄTSEL

JOHN SLADEK

# AUF HEISSER SPUR

## 24 KRIMINALRÄTSEL

DUMONT

Die Originalausgabe erschien unter dem Titel *The Book of Clues*
bei Corgi Books, London.
Aus dem Englischen von Bettina Gruber

Gedruckt auf säurefreiem und chlorfrei gebleichtem Papier
Druck und Verarbeitung: fgb · freiburger graphische betriebe · www.fgb.de
Printed in Germany
ISBN 3-8321-7516-4

# Inhaltsverzeichnis

»Jedermann liebt einen guten Mord«
*F. Tennyson Jesse*

»Ich hab's! Ich hab's!«
*Sherlock Holmes erste überlieferte Worte*

# Einleitung

Kriminal-Rätsel üben auf ihre Leser immer wieder eine faszinierende Wirkung aus, die gar nicht so einfach zu erklären ist. Vielleicht liegt es daran, daß sie sich mit Mord und anderen sensationellen Verbrechen beschäftigen? Oder liegt es an der Herausforderung, die sie an Spitzfindigkeit und Genialität des Lesers stellen? Oder ist es eine Mischung aus beidem?

Welche Erklärung man sich auch immer zurechtlegen mag, Kriminal-Rätsel sind jetzt bereits seit fast einhundertfünfzig Jahren eine aufregende, die Gemüter zuweilen hitzig erregende Lektüre. Edgar Allan Poe präsentierte im Jahre 1842 das erste »Locked room«-Puzzle: »The Mystery of Marie Roget«. Die deduktive Arbeitsmethode seines Detektives C. Auguste Dupin setzte sich dann bei Sherlock Holmes, Pater Brown, Hercule Poirot und vielen anderen fort; wenn auch viele frühe Geschichten reine Abenteuer-Erzählungen waren, in denen der Detektiv zum Schluß alle Zusammenhänge erklärte, so gab es doch eine Reihe anderer Geschichten, die sich aufrichtig darum bemühten, den Leser als eine Art »Detektiv im Ohrensessel« mit einzubeziehen.

Schließlich entwickelten dann Autoren wie Ellery Queen und Dorothy Sayers Regeln für wirklich gute Kriminal-Rätsel (denn ein solches liegt ja jedem Kriminalroman zugrunde). Sie sollten dem Leser eine faire Chance geben, den Fall selbst zu lösen und ihm alle dafür nötigen Fakten an die Hand geben. Nur Mörder mit wirklich glaubhaften Motiven sollten vorkommen und nicht irgendwelche Wahnsinnigen, die mit der Axt um sich schlagend durch die Geschichte taumelten. Der Mörder sollte einer der bereits eingeführten Verdächtigen sein und nicht irgendein unbekannter Dritter, der um der reinen Überraschung willen plötzlich aus dem Nichts auftaucht. Es sollte möglich sein, die Lösung durch logische, deduktive Schritte, denkbare Schlußfolgerungen und klaren Menschenverstand herauszufinden.

Ich habe bei der Arbeit an den 24(!) Geschichten in diesem Buch versucht, diese Regeln zu beherzigen und dem Leser eine faire Chance zu geben. Alle notwendigen Informationen und Fakten werden in jeder Geschichte aufgezählt – keine Tricks und keine Geheimnisse. Wenn von einer Person in der Geschichte gesagt wird, daß sie nicht zum Kreis der Verdächtigen gehört, kann diese Aussage als Tatsache genommen werden. Und wenn gesagt wird, daß der Kommissar, die Polizei etc. etwas sicher weiß, kann auch das als Faktum genommen werden. Alle Motive sind genuin, alle Mörder gehören zum Kreis der beschriebenen Verdächtigen und keine Lösung beruht auf Zufall oder übernatürlichen Fügungen. Und abgesehen davon, daß die Geschichten diesen fairen Regeln folgen, sollen sie natürlich auch wahrhaft mörderisches Vergnügen machen. Also: Viel Spaß, und fröhliches Rätselraten!

## *Einige Hinweise zur Lösung der Criminal-Rätsel:*

* Lesen Sie die Geschichte sorgfältig durch.
* Sehen Sie sich das dazugehörige Bild genau an.
* Lesen Sie die Fragen durch, die am Ende der Geschichte stehen. Die Antwort zu jeder Frage leitet sich von Hinweisen, die in der Geschichte oder dem Bild auftauchen, ab. Richtig beantwortete Fragen führen zur Lösung.
* Lassen Sie sich Zeit. Wenn nötig, können Sie sich eine Liste der Verdächtigen anlegen und versuchen, alle (bis auf den Mörder) nach und nach auszuschließen.
* Schlagen Sie die Seite mit der Lösung auf und kontrollieren Sie Ihre Antworten.

# Tod eines Arabers

Am 31. Juni 1980 wurde Scheich Abdul Hajid aus Amahlia in seiner Suite im Caverley Hotel in London erstochen aufgefunden. Er hatte einige Monate lang in dem Hotel gewohnt und ein ganzes Stockwerk für sich, seine Frauen und Kinder, seine Diener und sein Gefolge gemietet. Es gab einen Büroraum, von dem aus er seine Ölgeschäfte leitete, und als äußerst gläubiger Moslem hatte er im Nord-Westen der Suite einen Gebetsraum für seine Gebete und Meditationsstunden eingerichtet (1). Neben diesem Raum befand sich ein verschlossenes Büro (2), und auf der anderen Seite des Flures lagen weitere, ebenfalls verschlossene Büroräume (5).

Seine Frau Fatima fand ihn, tot auf dem Boden liegend, um 18.15 Uhr in besagtem Gebetsraum. Sie hatte in seinem Büro (4) nach ihm gesucht, und war, als sie ihn dort nicht fand, in den Empfangsraum gegangen (3). Hier warteten zwei Männer, von denen einer sagte, er habe den Scheich hinausgehen hören. Daraufhin ging sie in den Gebetsraum. Wie auf dem Bild gezeigt, lag der Scheich mit dem Gesicht nach unten auf einem kleinen Gebetsteppich, als sei er niedergestochen worden, während er sich zum Gebet niedergebeugt hatte. Die Waffe war ein verzierter Brieföffner aus seinem Büro. Um 18.28 Uhr stellte der Arzt fest, daß der Tod vor über einer Stunde eingetreten sein mußte.

Die Polizei untersuchte die Sicherheitsvorkehrungen der Suite und fand sie ausreichend. Man konnte die Suite des Scheichs nur mit einem einzigen Aufzug erreichen (7), und sowohl oben als auch unten stand je ein bewaffneter Aufpasser. Die Feuertreppe (6) war verschlossen – eine zwar verbotene, aber effektive Maßnahme.

Da der Scheich also nicht von einem fremden Eindringling ermordet wurde, richtete sich der Veracht natürlich auf die offiziellen Besucher und seine Familie. Da seine Diener und Wächter seit vielen Jahren ergebene Angestellte des Scheichs waren, schloß man sie von der Befragung aus. Übrig blieben sein erwachsener Sohn

Daoud, seine Frau Fatima und drei Besucher. Die anderen Familienmitglieder waren während des gesamten Nachmittags zum Einkauf in der Stadt gewesen.

Daouds Aussage lautete: »Ich sah meinen Vater zwischen 16.30 und 17.00 Uhr. Ich wollte mit ihm über seine Abdankung zu meinen Gunsten sprechen. Schon seit längerer Zeit versuchte ich, ihm klar zu machen, daß das Beste für alle wäre – seine Gesundheit ist auch nicht mehr das, was sie einmal war, und außerdem wird es Zeit, daß Amahlia ein junges Regierungsoberhaupt mit modernen Ideen bekommt. Ich fand ihn in seinem Büro, wo er gerade dabei war, eine große Karte mit Ölfeldern zu studieren, die auf seinem Schreibtisch ausgerollt war. So konnte ich also nicht sehen, ob der Brieföffner auf der Tischplatte lag oder nicht. Vater schien ärgerlich und erregt zu sein und ich bemerkte, daß es keinen Sinn hatte, ein derart delikates Problem zu diesem Zeitpunkt zur Sprache zu bringen. Also ging ich in unsere Räume (8) zurück. Fatima, ein Diener und ich spielten dann den restlichen Nachmittag ›Fang den Hut‹ miteinander, bis Fatima aufstand und ihn tot im Gebetsraum fand.«

Fatima und der Diener bestätigten diese Geschichte, konnten aber beide nicht beschwören, daß Daoud den Raum nicht mehr verlassen habe.

Der erste Besucher war Andrew Gage, der pünktlich zu seiner 17.00 Uhr-Verabredung eintraf. Gage war Geologe und hatte im Auftrag des Scheichs Bodenuntersuchungen vorgenommen: »Er versuchte wirklich, mich unter den Teppich zu kehren«, erzählte er; »irgend jemand in meinem Büro hatte offensichtlich einen Fehler auf der Karte gemacht und Scheich Abdul nahm daraufhin an, daß ich ihn vorsätzlich betrügen wolle. Er hatte vor, weniger ergiebige Ölquellen an andere Ölgesellschaften zu verpachten. Er schrie mich an und brüllte, daß er von englischen Halsabschneidern und Dunkelmännern genug habe. Da hatte ich aber auch noch ein Wörtchen mitzureden. Himmelherrgott, ich habe jahrelang im Nahen Osten gelebt und gearbeitet. Ich spreche fließend Arabisch und bin mit vielen Ölscheichs befreundet. Und als er mich dann auf so miese Tour anging, mußte ich mich einfach einiger meiner blumigsten und deftigsten Arabischkenntnisse bedienen und verließ dann den Raum sehr plötzlich. Ja, sein Dolch war da. Er benutzte ihn als Zeigestock auf der Karte; ich konnte nicht umhin, ihn wahrzunehmen. Das war das letzte, das ich vom Scheich sah. Ich war wohl nicht länger als fünf Minuten bei ihm, dann knallte

1
2
3
4
5
5
5
6
WÄCHTER
7
8
8
8
8
8
8
8
8
FANG DEN HUT-
SPIEL

ich die Türe hinter mir zu und ging zum Lift. Dieser Mann hier kam mir aus dem Aufzug entgegen, als ich ihn betrat.«

Der Mann war Gordon Haricot, der Börsenmakler des Scheichs. Da er einen Termin mit dem Scheich um 17.30 Uhr hatte, aber etwas früher eingetroffen war, führte man ihn in den Empfangsraum. Er bestätigte, daß er Gage am Aufzug gesehen habe und daß jener »einen hochroten Kopf gehabt und sehr zornig gewirkt habe«. Haricot gab an, daß er den Scheich überhaupt nicht zu Gesicht bekommen habe. »Da es im Empfangsraum keine Sekretärin oder sonst irgend jemanden gab, habe ich an die Türe des Scheichs geklopft und mich so selbst angekündigt. Dann setzte ich mich hin und wartete. Aus dem Büro drang kein Geräusch. Nur einmal hörte ich, wie eine Tür geschlossen wurde, und nahm an, daß der Scheich das Zimmer verlassen hatte. Wann das genau war, weiß ich nicht. Um 17.55 erschien dieser andere Herr hier und wir warteten gemeinsam. Dann kam Fatima in den Raum und suchte nach ihrem Mann; kurz danach teilte man uns mit, daß er tot sei.«

Der dritte Besucher war Hamel Habib, der Haricots Aussage bestätigte. Habib war der Premierminister des Scheichs und hatte während der Abwesenheit des Scheichs die Regierungsgeschäfte in Amahlia geleitet. Es gab da einige Gerüchte und Spekulationen, daß er diese Aufgabe so excellent erfülle, daß man sich wohl vorstellen könne, wie recht es ihm sein könne, wenn der Scheich nicht mehr zurückkehre.

Habib wies diese Vermutungen als übles Pressegeschwätz zurück. »Ich kam hierhin, um Scheich Abdul wegen einer ganz anderen Angelegenheit zu konsultieren. Wir wollten darüber sprechen, wie wir eine große Summe amahlianischer Wertpapiere und anderer Vermögenswerte unauffällig aus England herausziehen könnten. Offensichtlich hatte er das Gefühl, daß er von einigen Engländern – Börsenmaklern oder ähnlichem – betrogen worden sei, und nun mißtraute er allen. Ich wollte ihn eigentlich davon überzeugen, daß dieses Mißtrauen unberechtigt sei. Aber dazu kam es nicht – ich habe ihn gar nicht mehr lebend gesehen.«

Außerdem wurde noch festgestellt, daß Habib zum ersten Mal in der Hotelsuite des Scheichs war. Alle diversen Ankunfts- und Abfahrzeiten wurden von den Aufzugswächtern bestätigt, die diesen Aussagen nichts hinzuzufügen hatten.

Angenommen, der Scheich wurde entweder von Fatima, Daoud, Gage, Haricot oder Habib ermordet,

1. Wer von ihnen hatte die Möglichkeit, ihn zu töten?
2. Wurde er im Gebetsraum ermordet?
3. Welcher Hinweis verrät den Mörder?

*(Lösung auf Seite 106)*

# Gemischte Karten

»Wachtmeister Purvis«, sagte der Inspektor mit leicht gereizter Stimme, »ich warte noch immer auf die Phantombild-Portraits. Die von den vier Bankräubern, die den Westend-Job auf dem Kerbholz haben. Darf man wissen, was Sie von Ihrem Job abhält?«

»Ich hatte sie schon fast alle sortiert, Sir, ganz so, wie die Zeugen ausgesagt haben. Das war nicht so leicht. Wissen Sie, keiner der Zeugen konnte eine vollständige Beschreibung von irgend jemandem geben. Ein paar haben gesehen, wie die Jungs sich vor der Bank die Strumpfmasken überzogen, und andere Zeugen haben beobachtet, wie sie sich dann, nach dem Überfall, die Masken wieder vom Kopf herunterrissen. Dem einen haben sich die Ohren, dem anderen Haare oder Augen eingeprägt... Ich hatte sie alle schon fast zusammengestellt. Die vier Bankräuber sprachen während des Überfalls mit Decknamen miteinander: ›Smith‹, ›Jones‹, ›Brown‹ und ›Wilson‹. So habe ich dann auch die vier Gesichter, die ich da zusammenbastelte, genannt. Aber als ich gerade –«

»Okay, Sie hatten sie also gerade fast zusammengestellt, Purvis. Was dann?«

»Nun, Sir, hm, bei einem plötzlichen Luftzug sind mir sämtliche Phantombildkarten auf den Boden geflogen. Jetzt liegen alle die verschiedenen Ohren und Nasen und Augen usw. wie Kraut und Rüben durcheinander, und ich kann mich nicht mehr daran erinnern, wer wie aussah.« Purvis legte etwas unsicher die Karten auf den Tisch des Inspektors.

»Mein Gott, Purvis«, seufzte der Inspektor.

»Ich weiß, daß Brown braune Augen hat. Aber – hat er auch krause Haare? Und hat er eine Stupsnase?«

»Weder noch. Diese Züge gehören zu zwei anderen Gesichtern. Die Stupsnase und die blauen Augen gehören zusammen, nicht wahr?«

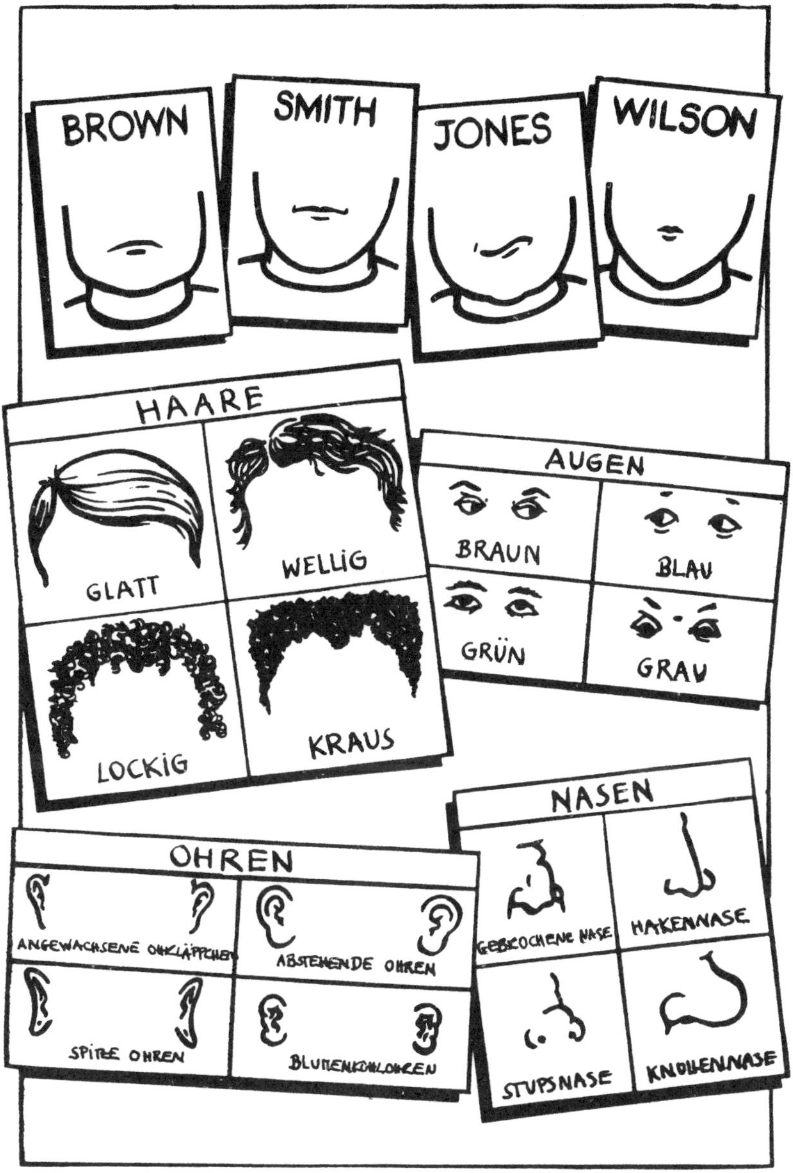
BROWN
SMITH
JONES
WILSON
HAARE
GLATT
WELLIG
LOCKIG
KRAUS
AUGEN
BRAUN
BLAU
GRÜN
GRAU
NASEN
GEBROCHENE NASE
HAKENNASE
STUPSNASE
KNOLLENNASE
OHREN
ANGEWACHSENE OHRLÄPPCHEN
ABSTEHENDE OHREN
SPITZE OHREN
BLUMENKOHLOHREN

»Ja, Sir. Und wer hatte die abstehenden Ohren?«

»Wilson hat abstehende Ohren. Und die grünen Augen und das wellige Haar gehören zusammen. Ebenso gehören glattes Haar, die gebrochene Nase und die Ohren mit den angewachsenen Ohrläppchen zusammen. Ist doch nicht schwierig, Wachtmeister.« Der Inspektor beobachtete ein wenig genervt, wie Wachtmeister Purvis mit den Karten herumfummelte. »Nein, nein, nein! Kombinieren Sie auf keinen Fall die welligen Haare mit den abstehenden Ohren. Aber Sie sollten Jones auf jeden Fall lockige Haare zuordnen.«

»Jawohl, Sir. Aber gehören die Blumenkohlohren zu –?«

»Zur Hakennase gehören sie selbstverständlich. Nun brauchen Sie nur noch alle vier Gesichter zu Ende zu kombinieren. Also los, ja?! Ich hab' da so ein Gefühl, als sei ›Smith‹ ein alter Bekannter von uns. Sicher kann ich aber erst sein, wenn ich sein Gesicht wirklich vor mir sehe.«

Können Sie, mit Hilfe der Hinweise des Inspektors, die einzelnen Gesichtsteile so zusammensetzen, daß die vier Gesichter der Bankräuber entstehen?

*(Lösung auf Seite 108)*

# Eine Drei-Minuten-Geschichte

Natürlich umgab sich der Diamantenhändler Mortimer Brown mit allen erdenklichen Sicherheitsmaßnahmen. Wenn man mit einem Safe voller Edelsteine in Millionenwerten lebt, ist es nicht besonders sinnvoll, große Risiken einzugehen. Die Bürotüre besteht aus schußsicherem Drahtglas und einem Schutzgitter, so daß Brown jeden Besucher schon an der Türe sehen konnte. Außerdem ist sie mit einem elektronischen Schloß versehen, das vom Schreibtisch aus bedient werden kann. Natürlich ist auch das Fenster vergittert, und ein Alarmknopf – mit direktem Draht zur nächsten Polizeistation – befindet sich auf dem Boden. In seiner Schreibtischschublade liegt ein geladenes Gewehr bereit – und zum guten Schluß gibt es auch noch eine Kamera, die alle drei Minuten ein Bild vom gesamten Raum aufnimmt.

Die zwei Bilder zeigen zwei aufeinander folgende Ansichten des Raumes; sie wurden um 9.00 Uhr und 9.03 Uhr aufgenommen. In der Zwischenzeit ist offensichtlich etwas schief gegangen: Brown wurde ermordet.

Der Mord wurde offensichtlich durch einen einzigen heftigen Schlag mit dem Papierbeschwerer von Browns Schreibtisch begangen. Anscheinend war das Opfer nicht sofort tot, denn es gelang ihm noch, den Polizeialarmknopf zu drücken. Die Polizei erschien um 9.11 Uhr.

Es existieren zwei bekannte Verdächtige. Aristoteles Georgiou, Einkäufer für eine große Diamanten-Verkaufskette, war um 9.00 Uhr mit Mortimer Brown verabredet. Als er eintraf, war die Polizei schon an Ort und Stelle; er gab an, in einem Verkehrsstau aufgehalten worden zu sein.

»Morty hatte ein paar kleine, minder wertvolle Diamanten, die er gerne los werden wollte. Meine Firma hatte mich zu ihm geschickt, um einen Blick darauf zu werfen. Aber ich hätte ihn nun wirklich nie im Leben umgebracht. Wir waren doch alte Freunde.«

Seine Firma bestätigte den Zweck seiner Verabredung, jedoch niemand konnte bestätigen, daß er in einen Verkehrsstau geraten war.

Die Putzfrau war die andere bekannte Person, auf die ein Verdacht fiel. Frau Dalloway hatte einen Schlüssel zum Büro und putzte dort jeden Morgen. Sie sagte aus, daß sie ihre Arbeit dort um 8.35 Uhr beendet hatte – einige Minuten, nachdem Brown in seinem Büro erschienen sei. »Er war quicklebendig und ungehalten, als ich ihn verließ. Er telefonierte nämlich gerade mit unwirscher Stimme mit irgend jemandem. Ich glaube, es handelte sich um etwas, das gestern geliefert werden sollte, aber nicht abgegeben worden war, und er wollte es nun unverzüglich haben. Das war das letzte, was ich von ihm hörte und sah.«

1. Was veränderte sich, außer Browns Tod, noch alles zwischen 9.00 Uhr und 9.03 in seinem Büro?
2. Wurden irgendwelche Diamanten gestohlen?
3. Welche Hinweise deuten auf Mortimer Browns Mörder hin?

*(Lösung auf Seite 110)*

# Barvis bittet zur Kasse

Colonel Barvis von MI 5 stand vor einer schwierigen Entscheidung. Seit Wochen hatte seine Abteilung Gegenspionage daran gearbeitet, ein Sicherheits-Leck beim Forschungszentrum in Alders Wold zu finden und zu stopfen. Die Jagd hatte sich jetzt auf einen Verdächtigen zugespitzt, aber es gab immer noch keinen schlüssigen Beweis für dessen Schuld. Colonel Barvis stand nun vor der Entscheidung: Gibst du dem Mann mehr Leine (und riskierst dabei, daß er noch mehr Geheimnisse verrät)? Oder stopfst du das Loch jetzt (und kriegst niemals mehr heraus, was eigentlich genau geschehen ist)?

Was die Entscheidung vor allem so schwerwiegend machte, war die Natur der Forschungen in Alders Wold. Das war eben eine dieser Sachen, die es angeblich überhaupt nicht mehr gab – ein Forschungslabor, in dem neue furchtbare bakteriologische Waffen entwickelt wurden. Eine der neuesten Errungenschaften war ein Virus mit dem Codenamen »Der Vierte Reiter«. Er war so wirkungsvoll, daß er alles menschliche Leben, sogar alle Säugetiere auf diesem Planeten innerhalb von ein paar Monaten auslöschen konnte – wenn er in die falschen Hände fallen würde.

Und genau dieses geschah gerade. Ein Biochemiker in Alders Wold schien gerade fast sicher im Begriff zu sein, die Formeln und Verfahren zur Herstellung des Vierten Reiters an eine fremde Macht weiterzugeben. Die Informationen gingen auf irgendeine unbekannte Weise nach draußen, Stück für Stück.

Der verdächtige Biochemiker, Septimus Corder, war unzufrieden mit seiner Stellung; das war bekannt. Ein anderer war zum Chef seiner Abteilung gemacht worden. Diese Stelle hätte Corder, seiner Meinung nach, selbst bekommen müssen. Darüber hinaus war er Inhaber eines Schweizer Nummernkontos, auf das von einer fremden Spionageorganisation bedeutende Summen eingezahlt wurden. Corder war jetzt unter ständiger Beobachtung. Seine Post

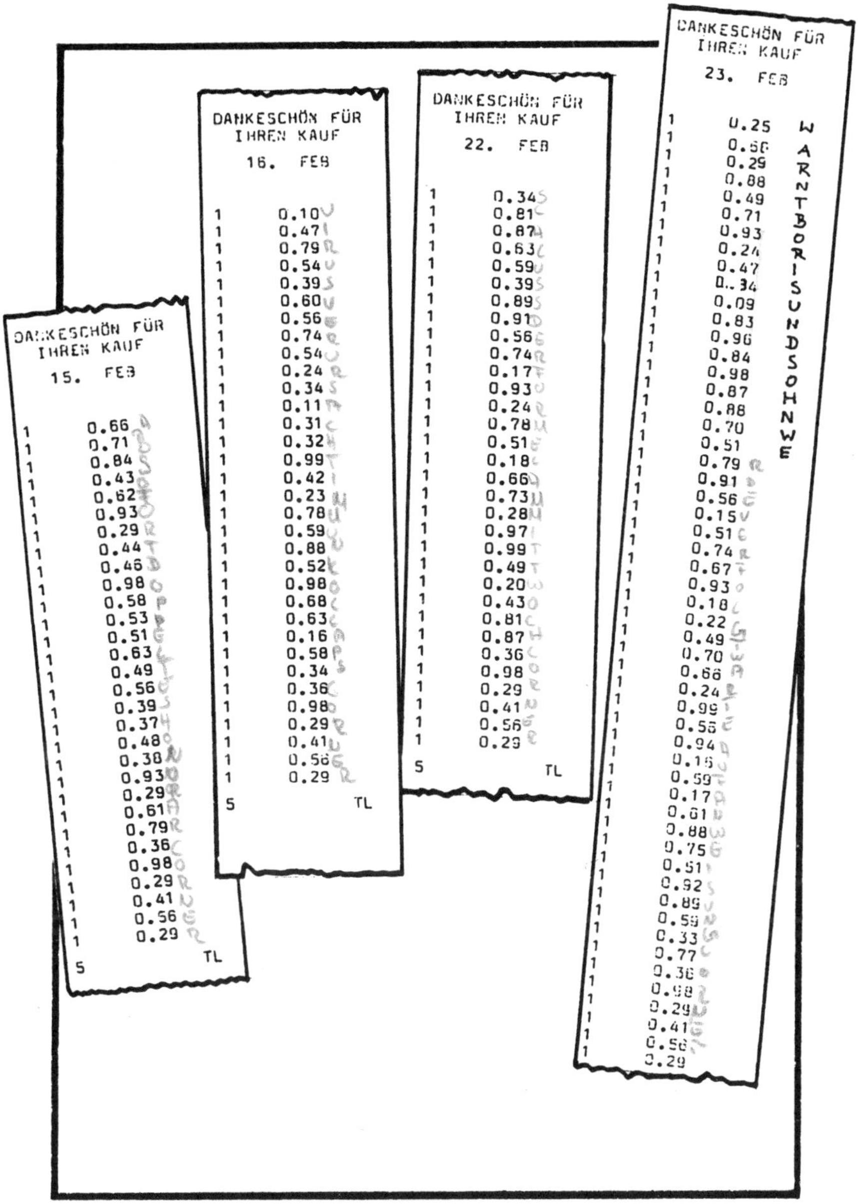

DANKESCHÖN FÜR
IHREN KAUF
15. FEB
1 0.66
1 0.71
1 0.84
1 0.43
1 0.62
1 0.93
1 0.29
1 0.44
1 0.46
1 0.98
1 0.58
1 0.53
1 0.51
1 0.63
1 0.49
1 0.56
1 0.39
1 0.37
1 0.48
1 0.38
1 0.93
1 0.29
1 0.61
1 0.79
1 0.36
1 0.98
1 0.29
1 0.41
1 0.56
1 0.29
S TL
DANKESCHÖN FÜR
IHREN KAUF
16. FEB
1 0.10
1 0.47
1 0.79
1 0.54
1 0.39
1 0.60
1 0.56
1 0.74
1 0.54
1 0.24
1 0.34
1 0.11
1 0.31
1 0.32
1 0.99
1 0.42
1 0.23
1 0.78
1 0.59
1 0.88
1 0.52
1 0.98
1 0.68
1 0.63
1 0.16
1 0.58
1 0.34
1 0.36
1 0.98
1 0.29
1 0.41
1 0.56
1 0.29
S TL
DANKESCHÖN FÜR
IHREN KAUF
22. FEB
1 0.34
1 0.81
1 0.87
1 0.63
1 0.59
1 0.39
1 0.89
1 0.91
1 0.56
1 0.74
1 0.17
1 0.93
1 0.24
1 0.78
1 0.51
1 0.18
1 0.66
1 0.73
1 0.28
1 0.97
1 0.99
1 0.49
1 0.20
1 0.43
1 0.81
1 0.87
1 0.36
1 0.98
1 0.29
1 0.41
1 0.56
1 0.29
S TL
DANKESCHÖN FÜR
IHREN KAUF
23. FEB
1 0.25
1 0.60
1 0.29
1 0.88
1 0.49
1 0.71
1 0.93
1 0.24
1 0.47
1 0.34
1 0.09
1 0.83
1 0.96
1 0.84
1 0.98
1 0.87
1 0.88
1 0.70
1 0.51
1 0.79
1 0.91
1 0.56
1 0.15
1 0.51
1 0.74
1 0.67
1 0.93
1 0.18
1 0.22
1 0.49
1 0.70
1 0.66
1 0.24
1 0.99
1 0.56
1 0.94
1 0.16
1 0.59
1 0.17
1 0.01
1 0.88
1 0.75
1 0.51
1 0.92
1 0.89
1 0.59
1 0.33
1 0.77
1 0.36
1 0.98
1 0.29
1 0.41
1 0.56
1 0.29
WARNTBORISUNDSOHNWE

wurde gefilzt, sein Telefon angezapft, MI 5 nahm alle seine Besucher und Kontakte unter die Lupe. Er wurde 24 Stunden am Tag beschattet und noch im Schlaf von Videokameras überwacht.

Heraus kam dabei gar nichts. Keiner seiner Briefe enthielt Geheimschriften, unsichtbare Tinte, Mikropunkte, Magnetcodes oder irgendeine andere der Methoden verdeckter Kommunikation – jedenfalls soweit sie MI 5 bekannt waren. An seinen Telefongesprächen war ebenso wenig Verdächtiges wie an irgendeinem seiner Gesprächspartner. Man konnte ihn nicht dabei ertappen, tote Briefkästen aufzusuchen. Er gab sich keine Mühe, seinen Beschattern zu entkommen. Er versuchte es nicht mit irgendeinem der bisher bekannten Geheimdiensttricks (so wie Husten-Codes oder spezielle Arrangements von Zigarettenkippen im Aschenbecher mit geheimer Bedeutung usw.). Colonel Barvis »wußte«, daß Corder schuldig war, es hatte sich bisher nur noch nicht der Schatten eines Beweises ergeben.

Corder lebte allein. Das einzig Merkwürdige an seinem Verhalten war seine Gewohnheit, öfter im Supermarkt einzukaufen als man es von ihm als Single erwartet hätte. Mehr noch, seine Einkäufe schienen ohne erkennbaren Sinn. Statt auch sein Brot im Supermarkt zu kaufen (den Laib für 55 Pence), ging er extra zu einem kleinen Eckladen und bezahlte dort 59 Pence für dieselbe Sorte. Und an einem Tag, als (nach Zählung durch MI 5) neun Gläser Pulverkaffee in Corders Vorratsschrank standen (von der kleinen, unwirtschaftlichen Größe zu 56 Pence), kaufte er noch ein halbes Dutzend von derselben Größe und zu diesem Preis.

Im Supermarkt selbst war Corders Verhalten noch merkwürdiger. Wenn er seine Einkäufe auf den Kassentisch packte, legte er Wert darauf, die Sachen einzeln auf das Förderband zu legen, so daß die Kassiererin sie nur in der Reihenfolge eintippen konnte, die Corder bestimmte.

Wie viele andere ließ Corder seine Quittungszettel an der Kasse liegen. Doch stets nahm der Kunde nach ihm Corders Quittungen an sich. Und nun wußte Barvis' große Nase, woher der Wind weht.

Dieser nachfolgende Kunde wurde zu seiner Wohnung verfolgt, und bei einer Blitzattacke ertappte man ihn dabei, wie er neben den Zahlen auf Corders Quittung Buchstaben eintrug. Er nahm diplomatische Immunität für sich in Anspruch.

»Immerhin ein Anfang«, meinte Colonel Barvis zu seinem Team, »wir haben noch drei andere Supermarkt-Quittungen von

Corder. Wenn wir vor Gericht beweisen wollen, daß er schuldig ist, und ihn dabeihaben möchten, dann müssen wir alle vier innerhalb von 24 Stunden dechiffrieren – bevor er mitkriegt, daß sein Kontaktmann aufgeflogen ist.«

Die Abbildung zeigt die vier Quittungen.

1. Warum kaufte Corder so viel Pulverkaffee?
2. Warum kaufte er sein Brot nicht im Supermarkt?
3. Warum kaufte er nur Artikel für weniger als ein Pfund?
4. Wird ein bestimmter Buchstabe immer durch dieselben beiden Ziffern ausgedrückt?
5. Dechiffrieren Sie die vier Quittungszettel.

*(Lösung auf Seite 111)*

# Wasser hat keine Balken

Eines vergnügten Nachmittags fuhren zwei Ausflugsdampfer in verschiedenen Richtungen denselben Fluß entlang. Der allseitigen Heiterkeit wurde ein abruptes Ende gesetzt, als eine vorbeitreibende Leiche aus dem Fluß gefischt wurde. Die »Gorgon« war mit ihrer höchsten Geschwindigkeit von sieben Knoten (ein Knoten ist eine Seemeile oder 1,852 km in der Stunde) stromaufwärts gefahren, während ihr Schwesterschiff, die »Zola«, sich mit fünf Knoten flußabwärts bewegt hatte. Die Schiffe fuhren um 16.05 Uhr in der Höhe der alten Mühle aneinander vorbei. Die Zola fuhr dann weiter bis zu Fischer Fritzes Restaurant, wo der im Wasser treibende Körper gesichtet wurde. Es handelte sich um einen gutgekleideten Mann mittleren Alters, auf dessen Jackettrevers ein Button aufgesteckt war, auf dem stand:

HALLO! ICH BIN BUD OUSPENSKY;
VERKAUFSDIREKTOR VON CARAMBA-COLA.

Der Kapitän erinnerte sich daran, daß eine Gruppe von Caramba-Cola-Vertretern auf der Gorgon unterwegs gewesen war und nahm Funkkontakt mit dem Schwesterschiff und der Wasserpolizei auf.

Die Untersuchung der Leiche ergab, daß Ouspensky schon tot war, bevor er ins Wasser fiel – mit seiner eigenen Krawatte erwürgt. Erste Befragungen der Gorgon-Passagiere ergaben, daß nur acht von ihnen (Ouspensky eingeschlossen) sich an Deck aufgehalten hatten. Aber niemand dieser sieben Top-Vertreter, die alle auf Ouspenskys Position aus waren, konnte eindeutig als Täter ausgemacht werden.

Nun hier die Fakten: Sam Fenner ging kurz vor 14.00 Uhr mit Woody Hanson auf das Deck. Sam blieb nur ein paar Minuten lang und ging dann wieder hinunter, um Ruth Gaskell in der Bar zu treffen. Sie sagte aus, daß er um 14.10 Uhr auftauchte und bis 15.30 Uhr blieb; dann sei sie selbst an Deck gegangen. Sie war auf der

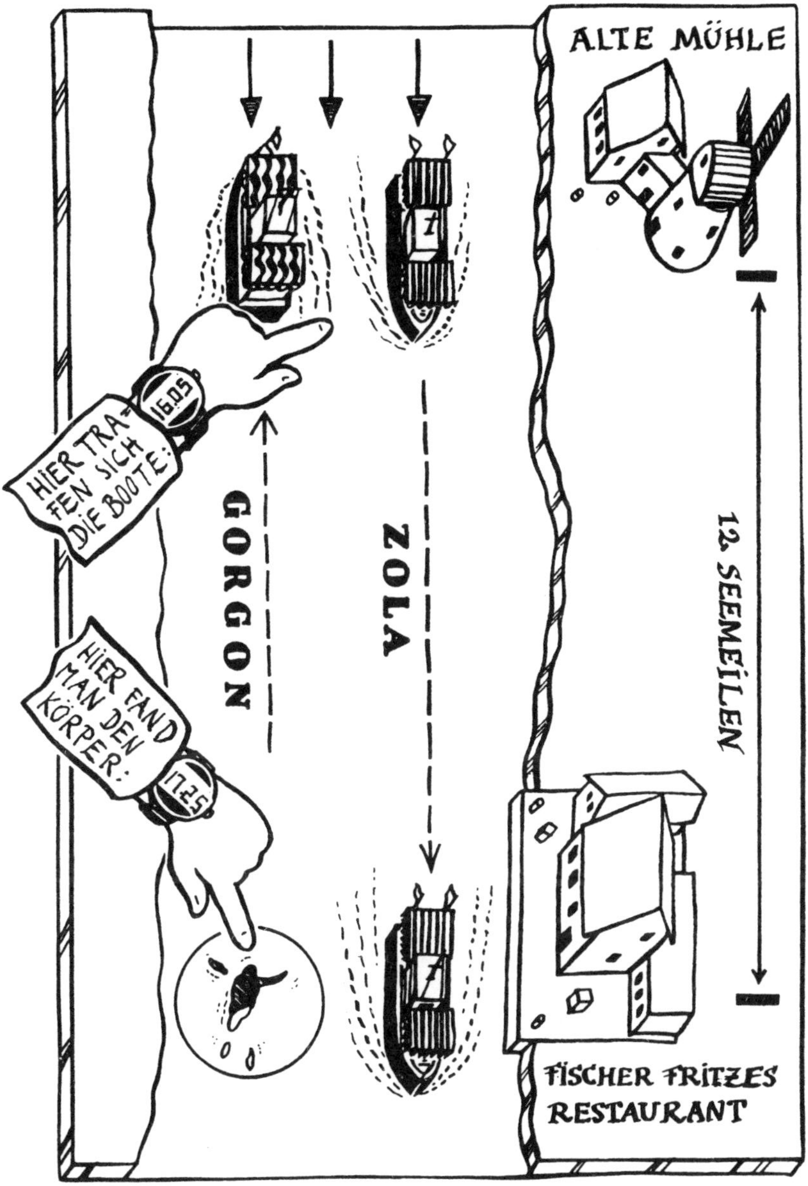
ALTE MÜHLE
HIER TRA-
FEN SICH
DIE BOOTE:
16.05
GORGON
ZOLA
12 SEEMEILEN
HIER FAND
MAN DEN
KÖRPER.
17.15
FISCHER FRITZES
RESTAURANT

Suche nach Ouspensky, und blieb, da sie ihn an Deck nicht finden konnte, nur zwei Minuten auf dem Deck. Woody Hanson war bis 14.30 auf dem Deck geblieben. Als er hinunterging, traf er Jack Unger, der gerade zum Deck heraufkam. Jack gab an, daß er nur 15 Minuten dort war. Diese Aussage wurde durch Vince Jurgens gestützt, der um 14.50 das Deck betrat und Jack dort nicht gesehen hatte. Vince blieb bis 15.15 Uhr, dann ging er hinunter, um an einem Pokerspiel teilzunehmen. Bis auf zwei Personen, Susan Chalmers und Ted Burns, die an Deck gegangen waren, um ein wenig Luft zu schnappen, als die beiden Schiffe sich trafen, verließ niemand die Pokerrunde. Susan blieb nur 20 Minuten an Deck, während Ted fast eine Stunde lang blieb.

Der Körper wurde in Höhe von Fischer Fritzes Restaurant, das genau zwölf Seemeilen weit von der alten Mühle entfernt liegt, um 17.25 Uhr gesichtet.

Mit Hilfe dieser Informationen konnte die Polizei

1. den Zeitpunkt, an dem die Leiche ins Wasser gefallen war, berechnen (plus – minus zehn Minuten);
2. einen Zeitplan aufstellen, wann die sieben Verdächtigen jeweils an Deck gewesen waren;
3. herausfinden, wer sich an Deck befand, als Ouspensky ins Wasser fiel, und wer deshalb sein Mörder sein mußte.

*(Lösung auf Seite 113)*

# Der unbedachte Dieb

Das Museum für Ägyptische Kunst war zu Recht stolz auf seine gesamte Sammlung, die Grabbeigaben aber des reichen Königs Thutmosis aus der XVIII. Dynastie waren der größte Schatz. Diese kunstvollen Grabbeigaben bildeten daher das Herz der Sammlung; und das schönste und kostbarste Stück all dieser Kunstgegenstände war die berühmte goldene, mit Lapislazuli besetzte Maske des Thutmosis. Obwohl diese Maske für zwei Millionen Dollar versichert war, wurde der Wert der Maske allgemein zehnmal so hoch eingeschätzt, wenn ein solch einzigartiges Kunstwerk überhaupt mit Geld zu bezahlen war.

Eines Nachts wurde natürlich ausgerechnet diese Maske gestohlen. Sie war als Einzelstück in einer Glasvitrine ausgestellt und stand in der Mitte des Thutmosis IV.-Raums, umgeben von den anderen Grabschätzen, die entlang der Wände präsentiert wurden. Während der Öffnungszeiten durfte kein Besucher alleine in den Raum, sondern wenigstens zwei Wächter mußten anwesend sein. Sogar der Hausmeister, der jeden Abend nach Schließung des Museums den Boden aufwischte und die Glasvitrinen sowie alles andere Glas polierte, war stets in Begleitung einer Wachperson.

Des Nachts wurden die zwei Türen, die in den Raum führten, mit zwei schweren Stahltüren verstärkt. Zusätzlich zu dieser Sicherungsmaßnahme standen noch zwei Wächter während der ganzen Nacht vor diesen Türen. Zwar gab es in neun Metern Höhe ein Glasdach, durch das man theoretisch in den Raum gelangen konnte. Andererseits waren sowohl dieses Dach als auch alle Glasvitrinen in dem Raum durch elektronische Alarmanlagen gesichert. Aber hat man je von einem professionellen Einbrecher mit entsprechender Berufskenntnis und -ehre gehört, der sich in seinem Tun von schlichter Elektronik hätte aufhalten lassen? Eben! Und so kam es, daß eines Morgens, als die Stahltüren sich langsam beiseite schoben, die prachtvolle Maske des ägyptischen Königs

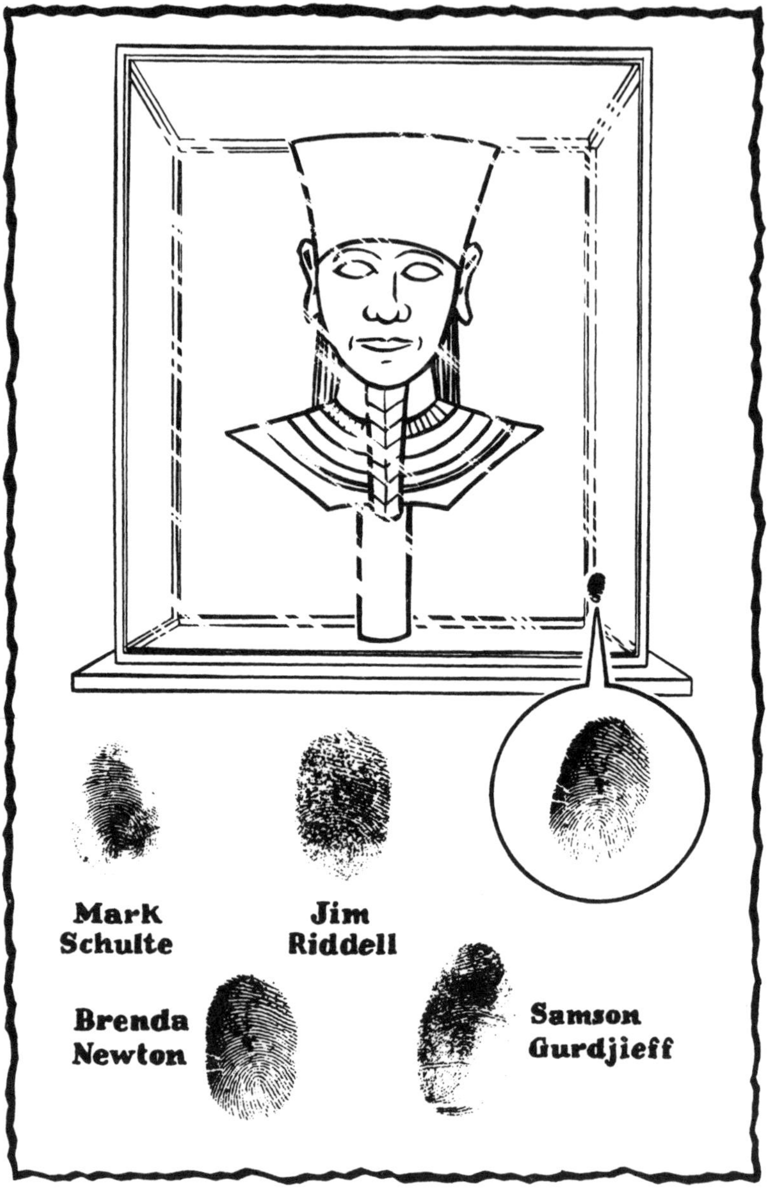
Mark
Schulte
Jim
Riddell
Brenda
Newton
Samson
Gurdjieff

verschwunden war. Die Alarmanlage war ausgeschaltet, das Glasdach aufgeschnitten und die Glasvitrine gewaltsam geöffnet worden. Der Kurator tat sofort das Richtige und ließ die Stahltüren wieder schließen, bevor irgend jemand etwas in dem Raum berühren konnte.

Die Polizei untersuchte den Raum auf Fingerabdrücke hin und fand einen deutlichen Daumenabdruck auf der Glasvitrine. Obwohl es auf den ersten Blick hin recht unwahrscheinlich schien, daß ein Einbrecher, der professionell genug war, solch eine Arbeit auszuführen, einen Fingerabdruck hinterlassen würde, mußte man dieses denkwürdige Indiz ernst nehmen.

Am Abend hatte man schon vier mögliche Verdächtige ausgemacht: Der erste war Samson Gurdieff, ein ehemaliger Fremdenlegionär im Nahen Osten, der heute, obwohl man es ihm noch nie so recht hatte nachweisen können, mit gestohlenen Waren handelte. Er war in der Nachbarschaft mit einer Kletterausrüstung, schwarzer Kleidung und einem geschwärzten Gesicht aufgetrieben worden. Und seine Angabe, daß er nur Schornsteine habe kehren wollen, klang bestenfalls grotesk.

Der zweite Verdächtige war Mark Schulte, ein notorischer Fassadenkletterer und Juwelendieb, der auf Schmuckstücke aller Art spezialisiert war. Er gab an, daß er den ganzen Abend daheim gewesen sei und ein gutes Buch gelesen habe. Allerdings konnte er sich nicht mehr an den Titel des Buches erinnern.

Die nächste verdächtige Person war Brenda Newton, eine ehemalige Angestellte des Museums und Amateur-Bergsteigerin mit beachtlicher Reputation auf diesem Feld. Ihr Alibi war, daß sie den Abend mit einem Freund verbracht habe – aber bis zu diesem Zeitpunkt konnte dieser Freund noch nicht ausfindig gemacht werden.

Und der letzte Verdächtige war Jim Ridell, ein im Viertel wohlbekannter Einbrecher. Die Polizei hatte ihn zwei Blocks vom Museum entfernt in den Morgenstunden festgenommen. In seinem Köfferchen trug er die eindeutigen Werkzeuge seines Gewerbes mit sich herum. Er verweigerte die Aussage.

Die Illustration zeigt den Daumenabdruck auf der Glasvitrine und die Daumenabdrücke der vier Verdächtigen.

1. Ist der Daumenabdruck auf der Glasvitrine mit einem Daumenabdruck der vier Verdächtigen identisch?
2. Stammt der Daumenabdruck von dem Dieb oder einem unschuldigen Museumsgänger?
3. Wer stahl die Totenmaske des Königs Thutmosis?

*(Lösung auf Seite 115)*

# Der Tote in der Bibliothek

Am Morgen des 21. April 1924 fand Lord Harlesden eine Leiche in der Bibliothek seines Landhauses. Er rief alle seine Gäste zusammen, um einen Blick auf den vor dem Kamin liegenden Toten zu werfen. Es handelte sich um einen schlanken Mann mittleren Alters in schwarzer Kleidung, der mit dem Gesicht zum Boden auf der Erde lag. »Herrjeh«, rief Millicent Manderfield, Lord Harlesdens Tochter mit schriller Stimme aus, »all das viele Blut! Jenkins wird wieder ein riesiges Theater machen, wenn er den Fleck im Teppich sieht.«

»Das glaube ich nicht«, meinte Roland Lamont, ein Freund von Lady Manderfield, »denn, wenn mich nicht alles täuscht, ist er es, der dort liegt. Na, wenigstens weiß man bereits jetzt genau, daß in diesem Fall hier der Butler nicht der Mörder gewesen sein kann, oder?«

Lady Harlesden verfiel in kreischendes Gelächter und klingelte nach Champagner. Ein wenig jünger als ihr Gatte, der Lord, stand ihr ein wenig kapriziöses Verhalten wohl zu.

Der nächste in der illustren Gesellschaft war Manfred Stoke, Lord Harlesdens Sekretär, der sich mit leiser Stimme an Millicent wandte: »Verflixt und zugenäht. Sieht ganz so aus, als ob Jenkins unseren Plan, durchzubrennen, vereitelt hat, nicht wahr, Milly?«

»Oh, Freddy«, antwortete sie mit spitzem Schmollmündchen, »meinst Du etwa, jemand hat das getan, um uns bösartig von unserem Tun abzuhalten?«

Lord Harlesden strich sich gedankenvoll seinen weißen Schnurrbart. »Denke gerade über die Angelegenheit nach. Könnte es möglich sein, daß einer von uns es getan hat? Wenn ja, unangenehm, äußerst unangenehm.«

Lady Harlesden warf ihm einen beschwörenden Blick zu. »Vielleicht könnten wir hier einfach alles aufräumen und die ganze Angelegenheit vergessen?«

»Niemals«, entgegnete der Lord mit fester Stimme, »wir müssen die Polizei verständigen, mein Herz. Aber – ich frage mich, ob wir nicht Tubby Tebbit anrufen sollten, um nicht allzuviel Aufsehen zu erregen. Tubby ist der Polizeipräsident, immerhin. Ein kluger Kopf und ein ausgezeichneter Jäger.«

Als Polizeipräsident Tebbit am Ort des Geschehens eintraf, fand die betroffene Gesellschaft die ganze Affaire schon mehr als langweilig. Zwar wimmelte es im Haus von Polizisten, die jeden Gegenstand umdrehten und ihre Nasen in alles Erdenkliche hineinsteckten, aber ärgerlich war nur, daß sie immer wiederkamen und die langweiligsten Fragen stellten.

»Nun, ich muß von jedem von Ihnen wissen, wo sie gestern Abend waren und so weiter«, sagte Tebbit, »während meine Männer versuchen, herauszufinden, was die Mordwaffe war und wer sie benutzt hat. Ich sehe da ein paar Glasscherben auf dem Boden – offensichtlich war Jenkins gerade dabei, sie zu entfernen, als er den Schlag auf den Kopf bekam. Sorgfalt, doppelte Sorgfalt ist die Mutter der Kriminalarbeit.«

»Verflixt und doppelt zugenäht«, bemerkte Manfred Stoke. Gäste und Gastgeber, von der ganzen Angelegenheit belästigt und gelangweilt, machten nur fragmentarische Aussagen. Die Fingerabdrücke zeigten, daß jeder der fünf Verdächtigen eine unterschiedliche mögliche Mordwaffe in der Hand gehabt (Kricket-Schläger, Krocket-Schläger, Golf-Schläger, Schürhaken, Keule) und jeder von ihnen ein anderes Getränk getrunken hatte (Gin und Tonic, Martini Cocktail, Whisky und Soda, Brandy, Aprikosenlikör). Außerdem konnte jeder von ihnen in einem unterschiedlichen Zeitraum in der Bibliothek gewesen sein (vor 20.00 Uhr, von 20.00 Uhr bis 20.15 Uhr, von 20.15 Uhr bis 20.30 Uhr, von 20.30 Uhr bis 21.00 Uhr und nach 21.00 Uhr). Ergänzend erfuhr Tebbit noch folgendes:

1. Die Fingerabdrücke auf dem Whisky und Soda-Glas waren identisch mit denen auf der Keule. Niemand, der Whisky getrunken hatte, war zwischen 20.30 Uhr und 21.00 Uhr in der Bibliothek gewesen.
2. Lady Harlesden war um 20.50 Uhr in der Bibliothek gewesen. Roland Lamont trank keinen Brandy und hatte in der Zeit von 20.15 Uhr bis 20.30 Uhr ein Bad genommen.
3. Dem Zimmermädchen zufolge wurde das Martini-Glas vor 20.00 Uhr geleert. Die Fingerabdrücke auf diesem Glas waren

SODA
Lord Harlesden
Millicent Manderfield
Roland
Lamont
Manfred Stoke
APRIKOS
LIKÖR
Lady Harlesden

nicht dieselben wie die auf dem Kricket-Schläger. Bei solchen Gelegenheiten pflegen Dienstboten stets die Wahrheit zu sagen.

4. Auf der Ginflasche waren Markierungen angebracht, um das Personal von unrechtmäßigen Schlückchen abzuhalten. Anhand dieser Markierungen war zu erkennen, daß derjenige, der sich zwischen 20.00 Uhr und 20.15 Uhr in der Bibliothek aufgehalten hatte, einen recht beachtlichen Ginkonsum gehabt hatte. Roland Lamont, der aussagte, daß er mit dem Schürhaken im Feuer herumgestochert habe, gab an, daß er gegen Gin allergisch sei.
5. Millicent hatte den Golfschläger nicht in den Fingern gehabt.
6. Die Fingerabdrücke auf dem Krocket-Schläger waren weder die, die sich auf dem Gin und Tonic-Glas befanden, noch waren es die von Lord Harlesden, der nicht vor 20.00 Uhr in der Bibliothek gewesen war.

Die Blutuntersuchung brachte zu Tage, daß der Krocket-Schläger als Mordwaffe benutzt worden war. Welcher der fünf verdächtigen Personen hatte ihn benutzt und wer trank was?

*(Lösung auf Seite 116)*

# Schlag Eins

Ventnor Biggins war der beliebteste Mann im Ort Grass Prairie, außerdem der reichste. Er war Friedensrichter, Senator, Bürgermeister und Präsident der örtlichen Handelskammer gewesen. Nun hatte er sich zur Ruhe gesetzt und vertrieb sich die Zeit damit, seine Bank und seine Farmen zu besuchen; doch die meiste Zeit verbrachte er in seinem Schaukelstuhl auf der Veranda. Diese Veranda in der Aiken Street war eine Art lokaler Treffpunkt für Leute von nah und fern, die kamen, um von ›Vent‹ seine Meinung über landwirtschaftliche, politische und finanzielle Probleme zu hören. Leider aber hat sogar ein so weiser Mann seine Feinde. Und so kam es, daß eines schönen Mittags, als die alte Kirchturmuhr gerade Eins schlug, die Nachbarn einen Schuß hörten. Vents Schaukelstuhl kippte nach hinten über und sollte nie wieder schaukeln.

Für den Sheriff kamen nur fünf mögliche Verdächtige in Betracht:

»Nun, da ist zunächst Billy Jack Harper, von dem gesagt wird, daß er immer noch um seine Frau trauere. Alice Harper lief mit Vent davon, als er als Senator in die Hauptstadt zog. Sie verließ ihren Mann ganz ohne Warnung, und nicht nur ihn, sondern auch ihre drei Kinder. Als Vent zurückkehrte, kam er alleine. Aus irgendwelchen Gründen war sie in der Hauptstadt geblieben. Sie endete dann in einem billigen Hotel mit einer Überdosis Schlaftabletten im Leib. Billy Jack hat das nie verwunden.

Dann wäre da auch noch der alte Hans Kreutzer, der wahrscheinlich noch immer nicht damit fertig geworden ist, daß er seine Farm verloren hat. Dieses Stückchen Land war alles, was er je hatte. Vent wußte, wie sehr der alte Hans an der Farm hing, und als Vents Bank sie übernahm, sagte er ihm, daß er auf der Farm bleiben könne – als Lohnarbeiter. Und weil er wußte, daß er Hans damit einen Gefallen tat, dachte er wohl, daß er ihn nicht mit dem üblichen Gehalt bezahlen müsse, sondern mit weniger. Hans hatte ja auch nur eine Hand – die andere hatte er bei einem Unfall mit einer Erntemaschine verloren –, also war er wohl kein ganzes Gehalt wert.

Und dann, nicht zu vergessen, Charlie Phelps, der gerade im letzten Monat aus dem Gefängnis entlassen wurde. Als Vent für den Senatorposten kandidierte, war Charlie sein Wahlkampfmanager. Man hörte von kleinen Schwierigkeiten mit den Wahlspenden, und einige Abgeordnete fanden heraus, daß die Beiträge, die in den »Wählt Vent Biggins Fonds« eingingen, sich nicht alle in der Kasse wiederfanden, und es ganz so aussah, als ob Vent der Veruntreuer sei. Charlie Phelps aber trat vor, gestand und nahm alle Schuld auf sich. Während der ganzen Zeit, die Charlie im Gefängnis saß, litt seine Familie große Not, während Vent, der zu dieser Zeit Bürgermeister des Ortes und ein reicher Mann war, ihr in keiner Sekunde half.

Eine weitere verdächtige Person ist Linda Lou Montgomery, Vents Patentochter. Sie war eine niedliche kleine Person, als ihre Eltern starben und Vent sie bei sich aufnahm. In kürzester Zeit war sie in Schwierigkeiten, aber der gutherzige alte Vent zahlte für die Abtreibung, die dann irgendwie schieflief. Natürlich mußte er sie aus dem Haus werfen – und das, obwohl sie erst fünfzehn Jahre alt war –, aber nur so konnte er die üblen Gerüchte stoppen. Jetzt ist Linda erwachsen, arbeitet im Cleopatra Café und ist ziemlich verbittert darüber, keine Kinder mehr bekommen zu können.

Der letzte Verdächtige ist Elder Doone, dessen Hauptfehler darin bestand, als Vents Gegenkandidat für den Bürgermeisterposten aufzutreten. Mitten in der Kampagne flog Elders Haus mitsamt seiner alten Mutter in die Luft. Am schlimmsten war, daß zwei Zeugen Stein und Bein schworen, sie hätten gesehen, daß Elder selbst das Dynamit gelegt habe. Ich selbst mußte ihn festnehmen. Später zeigte sich, daß Elder zu dieser Zeit gar nicht in der Stadt gewesen war. Außerdem sah ein wirklicher Zeuge – ein Busfahrer, der durch den Explosionsknall taub wurde –, daß ein Fremder aus einem Auto heraus das Dynamit durch ein Fenster in Elders Haus geworfen hatte. Ich knöpfte mir die beiden anderen Zeugen vor und legte ihnen nahe, einmal über Meineid und seine Folgen nachzudenken und ließ Elder frei. Doch seit dieser Zeit ist er nicht mehr so ganz richtig im Kopf.

Aber wer von diesen fünfen ist wohl Vents Mörder? Ich muß noch einmal alle Fakten, die meine Männer zusammengetragen

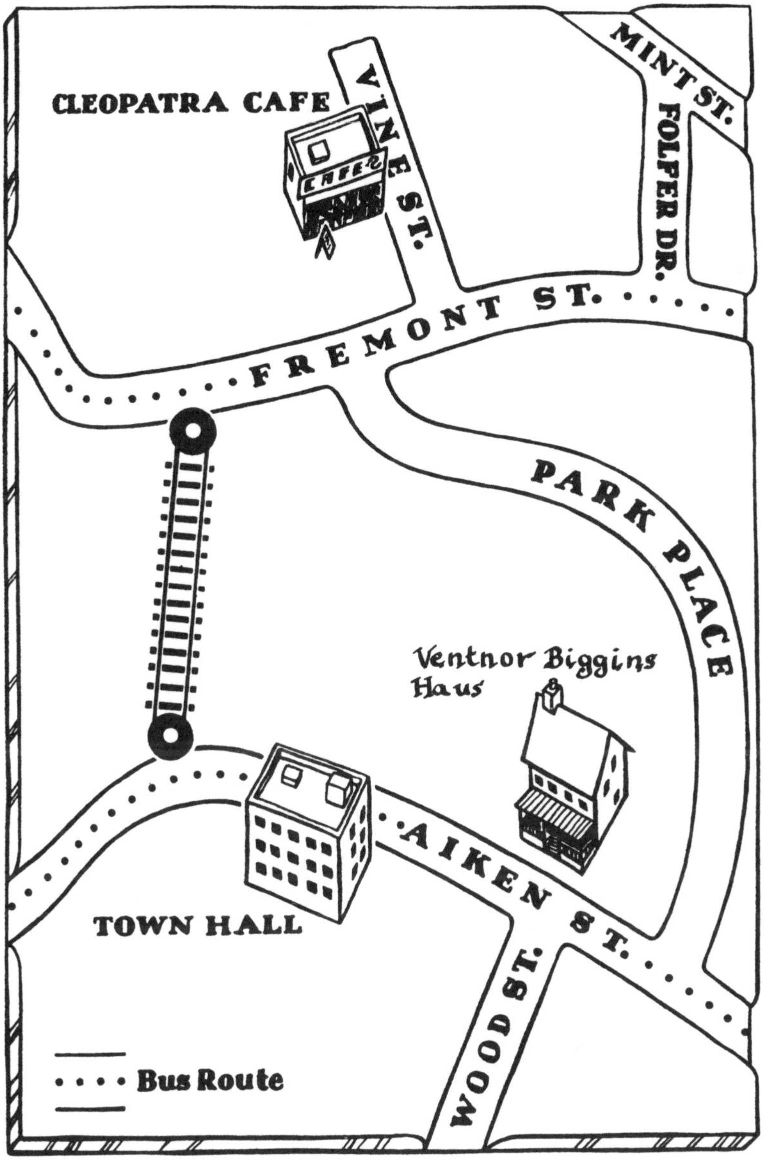

CLEOPATRA CAFE
CAFE
VINE ST.
MINT ST.
FOLFER DR.
FREMONT ST.
PARK PLACE
Ventnor Biggins Haus
AIKEN ST.
TOWN HALL
WOOD ST.
Bus Route

haben, genau bedenken. Mal sehen, ob ich nicht zu einer klaren Lösung komme.«

1. Die Kirchturmglockenuhr geht richtig.
2. Hans Kreutzer betrat das Cleopatra Café um 13.59 Uhr. Es war sein freier Tag, und er gab an, daß er sich bis 11 Uhr im Farmgebiet aufgehalten habe und dann in die Stadt, und zwar geradewegs ins Cleopatra Café, gegangen sei.
3. Der Fremont Avenue-Bus fährt einmal in der Stunde. Er braucht 15 Minuten, um von der Haltestelle an der Kreuzung von Fremont- und Vinestreet zur Fremont Station zu gelangen (und vice versa).
4. Der Aiken Street-Bus fährt einmal in der Stunde. Er braucht 18 Minuten, um von der Aiken Street Station zur Wood Street zu gelangen (und vice versa).
5. Der Fremont-Aiken-Pendelbus braucht für die Strecke 20 Minuten und hat einen Aufenthalt von fünf Minuten an jeder der zwei Stationen. Am Tag des Mordes verließ der erste Zug die Fremont Station um 7.08 Uhr.
6. Für die Strecke vom Cleopatra Café bis zur nächsten Busstation (Fremont oder Vine) braucht man zu Fuß wenigstens fünf Minuten.
7. Billy Jack war an diesem Tag um 12 Uhr 300 Meilen von der Stadt entfernt.
8. Linda Lou kam um 13.37 Uhr zur Arbeit.
9. Wegen der Verkehrsschwierigkeiten besteht die denkbar schnellste Möglichkeit, von Cleopatras Café zu Vents Haus zu gelangen, darin, mit einem Motorrad den Park Place entlang zu fahren. Ein guter Fahrer kann die Strecke ohne Übertretung der erlaubten Höchstgeschwindigkeit in 57,5 Minuten fahren.
10. Es gibt keine Möglichkeit, auf irgendeine Art und Weise in weniger als 20 Minuten von der Mint Street zur Kreuzung von Fremont- und Vinestreet zu gelangen.
11. Charlie Phelps war um 12.53 Uhr in dem Pendelbus.
12. Man sah Elder Doone um 11.45 Uhr in der Mint Street auf einem Motorrad.
13. Der Fahrer des Aiken Street-Busses konnte sich nicht daran erinnern, wo sein Bus um 13.00 Uhr war. »Meine Uhr war stehen geblieben«, erklärte er sein Unwissen.

»Tja, dann wüßte ich ja wohl, wen ich jetzt verhaften muß«, faßte der Sheriff seine Überlegungen zusammen.

1. Wer von den fünf Verdächtigen konnte um 13.00 Uhr so nahe bei Vent Biggins sein, daß er ihn töten konnte?
2. Fuhr der Mörder auf einem Motorrad?
3. Wer beging den Mord, und wie?

*(Lösung auf Seite 118)*

# Ein Graf auf wilden Wogen

George Bing, Graf von Tottenham, war unmäßig stolz auf seine Herkunft. Obwohl der Adelstitel erst hundert Jahre in der Familie war (sein Großvater, Fabrikant für Ofenwichse, hatte die Würde eines Lords mehr oder minder käuflich erworben), floß tatsächlich königliches Blut in seinen Adern. Lord Tottenham führte seine Linie zurück auf König Canute oder Knut (994 bis 1035 n. Chr.). Berühmt ist Canute als der König, der die steigende Flut aufhalten wollte (ein Trick, den Canute tatsächlich nie ausprobiert hatte). Auf diese Legende bezog sich auch das Wappen derer von Tottenham: mit dem Bild einer Hand, die die wilden Wogen des Meeres zurückhält.

Mit diesem Wappen schmückte der Graf alles, was er besaß – von seiner Haustür bis zum Lieblings-Marmeladenlöffel. Sein Wagen, ein Silver Ghost, trug es stolz auf allen Türen – eine Leidenschaft, die seine Tochter, die Ehrenwerte Jemima Bing, schlichtweg gewöhnlich fand. Ihre eigenen sechs Wagen, darunter ebenfalls zwei Rolls Royce, trugen keinerlei solche Embleme.

Eine Zeitlang hatte Jemima sich ihrer Familie gegenüber völlig ablehnend verhalten, die Autos, das Geld und den Titel schnöde verschmäht. Sie besuchte eine Sekretärinnenschule und arbeitete später als Stenotypistin in London. Als sie schließlich zum Familiensitz Cliffside Manor zurückkehrte, schien sie bei schwächlicher Gesundheit, lustlos und stumpf. Lord Tottenham machte sich Sorgen um sie und wegen ihrer neuen Freunde – wie es schien, waren das lauter ruppige Matrosentypen, sizilianische Geschäftsleute oder müde Aristokraten, ganz wie sie selbst und ebenso kränklich.

Eines Abends rief Lord Tottenham seinen Freund Detektiv-Superintendent Will Bailey an. »Will? Hier ist George. Irgendwas Merkwürdiges geht hier vor in Cliffside Manor. Genaugenommen weniger im Schloß als bei den Klippen. Du weißt, von hier aus

·TOTTENHAM·
Lieber Will,
Im Wapfen-Wogen-Hand

sehen wir auf die Buchan-Bucht hinunter, das alte Schmugglernest.«

»Ja und?«

»Also, ich habe da Lichter gesehen und sowas. Signale. Will, ich glaube, vielleicht geht es hier wieder mit der Schmuggelei los.«

»Ich werd' mich darum kümmern, George.«

»Nein, bitte nicht. Ich glaube – ich weiß nicht, aber vielleicht steckt Jemima irgendwie mit in der Sache. Sie ist gerade für ein paar Tage in London. Ich geh' der Sache mal selbst auf den Grund und hole sie da raus, wenn's geht. Ich werd' dich dann verständigen.«

»Keine gute Idee«, meinte der Polizist. »Amateure können bei so was Probleme bekommen. Und du bist verpflichtet, alles zu melden, wenn –«

»Natürlich, Will. Wenn ich irgend etwas finde, stelle ich das sicher und ruf' dich gleich an. Aber ich muß dieser Geschichte auf den Grund gehen. Den Domestiken habe ich eine Woche freigegeben. Das ist jetzt ganz meine Sache.«

Am nächsten Morgen in der Frühe stattete Superintendent Bailey Cliffside Manor einen Besuch ab und fand Lord Tottenhams Leiche am Fuß der Klippen. Von Schmuggelei war keine Spur zu finden, doch gab es reichlich Hinweise auf einen Mord:

1. Die Telephonleitungen zum Haus waren von außen gekappt.
2. Die rückwärtige Tür war aufgebrochen.
3. Im Haus gab es Anzeichen eines wilden Kampfes. Möbel waren umgestürzt und eine Lampe zerschlagen worden.
4. Spuren im weichen Boden führten vom Haus auf die Klippen oberhalb der Leiche. Anscheinend war ein Körper vom Haus dorthin geschleift und dann vom Felsen hinabgeworfen worden.
5. Eine merkwürdige Nachricht fand sich in der Schreibmaschine, die in Jemimas Zimmer stand. An der Maschine gab es Abdrücke von Lord Tottenhams beiden Zeigefingern. Auf dem Boden davor fanden sich Spuren von Sand.

1. Hat Jemima die Nachricht geschrieben?
2. Was, wenn überhaupt etwas, bedeutet die Nachricht?
3. Was könnte nach dem Telephongespräch geschehen sein?
4. Was sollte Superintendent Bailey als nächstes tun?
5. Wo sollte er ansetzen, um Lord Tottenhams Mörder zu finden?

*(Lösung auf Seite 119)*

# Chiffre 66

Letzten Monat erhielt MI 5, Abt. Spionageabwehr, folgende Nachricht vom CIA:

> Betr. Ihres Verdächtigen Roger Peebles ist dessen Identität nicht absolut sicher. Wir sind aber der Ansicht, daß es sich um Nikko Kovash handelt; KGB-Agent, gebürtiger Bulgare.

Peebles stand bereits unter Beobachtung durch MI 5. Er schien eine Schlüsselfigur in dem Spiel zu sein, Informationen zu beschaffen und diese zur Übermittlung ins Ausland weiterzugeben. Allerdings konnte man ihn nicht verhaften, bevor alle seine Kontaktpersonen bekannt waren.

Er war Mitglied in einem Club geworden, in dem eine Reihe von Ingenieuren verkehrte, die bei einer gewissen Firma für geheime militärische Kommunikations-Technologie arbeiteten. Zwei dieser Techniker, Peter Holloway und Michael Rowen, hatten sich mit Peebles angefreundet. Bald schon wiesen ihre Bankkonten große, unerklärliche Einzahlungen auf. Beide trafen sich regelmäßig mit Peebles in verschiedenen Kneipen, wobei man dicke Geschäftsumschläge austauschte.

Soweit war das Bild klar, aber auf welche Weise Peebles die Informationen weitergab, war immer noch ein Rätsel. Er war ein schlauer Fuchs und hatte keine Schwierigkeiten, seine Überwacher abzuschütteln, wenn er auf dem Weg zu seinen Kontaktleuten war. Vor zwei Wochen war es MI 5 gelungen, eine Adresse in Camden Town herauszufinden, wo Peebles sich früher anscheinend mit diesen Leuten getroffen hatte, aber seitdem hatte er sie nicht wieder benutzt. Statt dessen gab er bei einer örtlichen Wochenzeitung eine Reihe von Anzeigen auf. Die Zeitung erschien am 8. November (letzter Donnerstag) mit den abgebildeten Anzeigen. Heute ist der 13. November.

**• FAHRER.** Muß besonders vorsichtig Transporte f. Computerfirma durchführen. Überdurchschnittl. Gehalt, Alter nicht über 45. Chiffre 66

**• EXISTENZ.** Wer will sein eigener Chef sein? Gute Gewinne möglich, tägl. Arbeitszeit nur 2–3 Stunden. Chiffre 66

**• VERTRETER,** begabt für Kontakt und Verkauf. Immobilienbranche. Gewandtes Auftreten und symp. Persönlichkeit erf. Chiffre 66

**• TIERPFLEGERIN,** ausgeglichen und in der Pferdehaltung erfahren. Kost und Logis im Haus. Unweit London. Chiffre 66

**• HAUSMEISTER.** Referenzen über bisher. Tätigkeit erforderlich, da Vertrauensstellung. Sichere Position f. handwerkl. begabte Interessenten. Chiffre 66

**• PUTZFRAU** für großes Haus und Ladengeschäft 4 Tage in der Woche. Arbeitszeit von 6 bis 14 Uhr. Keine Ausländerin! Chiffre 66

**• ARTISTIN.** Tätigkeit nicht gefährlich, für Messerwurf-Nummer. Reisetätigkeit. Versicherungszuschuß. Chiffre 66

**• ANLAGEBERATER** für großes Treffen von Zahnärzten im Januar. Lukrativ! Gute Prozente. Erfahrung nicht erforderlich. Chiffre 66

**• LOTTOANNAHME** wöchentlich von Mittwoch bis Freitag. Zentrales Geschäft, U-Bahn-Nähe. Chiffre 66

**• KINDERMÄDCHEN** für Jungen, 12, und Mädchen, 8 Jahre. Familienanschluß, eigenes Zimmer mit TV, Sonntag frei. Vorzugsweise mit Fremdsprachenkenntnissen. Chiffre 66

**• SCHREIBKRAFT,** Erfahrung in Bücherei oder in der Presse von Vorteil, für kleinen Verlag. Personalrabatt f. bekannte Bestsellerausgaben und frdl. Betriebsklima. Chiffre 66

**• INSTALLATEURE.** Villa in Kensington wird totalsaniert. 6wöchiger Akkordjob für tüchtige Leute, a. arbeitsl. Kräfte. Chiffre 66

**• MÄNNER,** fleißig, kräftig. Halle in Camden Town, 2stöckig, 6000 $m^2$, wird abgerissen. Nichts für Schwächlinge! Chiffre 66

1. Bedeuten diese Anzeigen eine Kontaktaufnahme zu anderen Agenten?
2. Was sollte MI 5 als nächstes tun?

*(Lösung auf Seite 120)*

# Der alte Berringer und sein Boot

Der wohlhabende Mormone Joe Berringer liebte das Meer. Er baute sein Haus in einer von ihm gekauften Bucht, um der See so nahe wie möglich zu sein, und ließ keine Gelegenheit aus, alleine mit seinem Segelboot aufs Meer hinaus zu fahren. Adele, seine Frau, meinte schon, daß er mehr Zeit mit seinem Boot zubringe als mit ihr.

Auch heute machte er keine Ausnahme. Den ganzen Morgen über hatte es geregnet; doch kaum hörte der Regen auf, etwa eine Stunde vor der Ebbe, rief er seiner Frau und dem Gärtner zu, daß er nun segeln gehe.

Später wurde die See rauh; als Berringer dennoch nicht zurückkehrte, verständigte seine Frau die Küstenwacht. Sie fanden sein Boot, das kieloben einige Meilen von der Küste entfernt im Wasser trieb, aber Berringer fanden sie nie.

Die Karte zeigt Fußabdrücke und andere Markierungen im feuchten Sand von Berringers Bucht. Deuten Sie diese Zeichen, um die nachfolgenden Fragen zu beantworten:

*Karte siehe nächste Seite* ▶

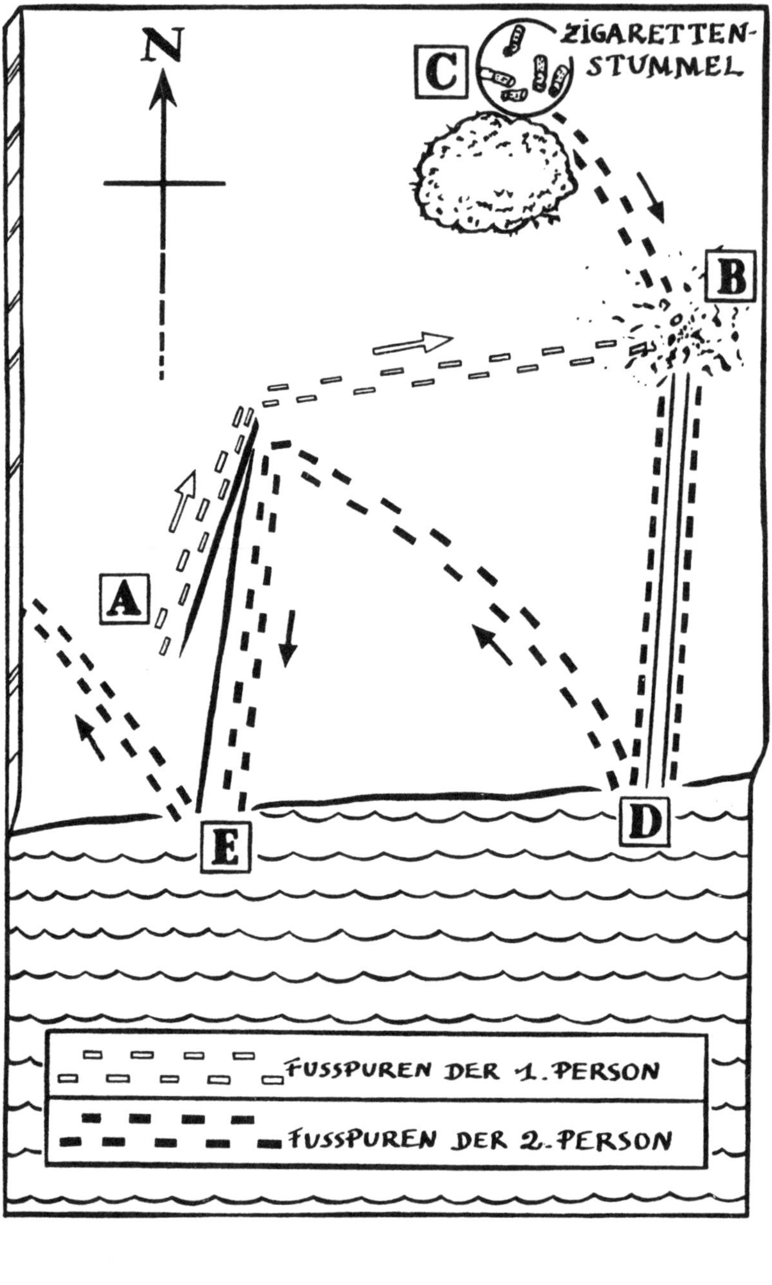
N
C
ZIGARETTEN-
STUMMEL
B
A
E
D
FUSSPUREN DER 1. PERSON
FUSSPUREN DER 2. PERSON

1. Wurde Berringer überfallen und angegriffen?
2. Wenn ja, fand der Angriff statt, bevor er in See stach?
3. Rekonstruieren Sie die (möglichen) Ereignisse in der Bucht.
4. Wurde Joe Berringer ermordet, und wenn ja, von wem?

*(Lösung auf Seite 121)*

# Ein Bomben-Mord

Als der Industrielle Hubert Iver bei der Explosion einer unter seinem Wagen angebrachten Bombe ums Leben kam, gab es keinen Mangel an Verdächtigen. Iver hatte sich auf seinem Weg zu Ruhm und Reichtum viele Feinde gemacht, aber keinen einzigen Freund. Da gab es seine beiden geschiedenen Frauen, die ihn verachteten, Vorstandsmitglieder, die ihn fürchteten, die Besitzer kleiner Firmen, die er an die Wand gedrückt hatte, unzufriedene Angestellte, politische Gegner und andere mehr. Die Liste war schier endlos und nur genaueste Betrachtung der Fakten konnte helfen, sie auf ein überschaubares Maß zu verkürzen.

Die Bombe war unter Ivers Wagen geklebt und die Zündung von einer elektrischen Uhr ausgelöst worden. Offensichtlich wußte der Attentäter, daß Iver jeden Tag pünktlich um 7.30 Uhr seinen Wagen bestieg und losfuhr, denn die Bombe explodierte um 7.34 Uhr. Der Wagen hatte die ganze Nacht, jedermann zugänglich, auf der Straße gestanden.

Der Bomben-Experte fand tatsächlich noch einige Materialstücke der Bombe. Sie war offensichtlich zum Teil aus einer überall erhältlichen Kunstdüngerchemikalie und anderen Haushaltsprodukten zusammengebraut worden. Außerdem fand man noch zwei Papierfetzen, die wohl vom Etikett der Dose stammten, in die jemand die explosive Mischung hineinpraktiziert hatte, Stücke von blau isoliertem Elektrokabel und Teile einer 24-Stunden-Alarm-Uhr.

Aus den vorher unzähligen Verdächtigen kristallisierten sich langsam vier Hauptverdächtige heraus:

1. Norbert Amberson, ein dreißig Jahre altes Mitglied einer radikalen Vereinigung, die sich Allgemeine Befriedungs-Front (ABF) nannte. Alle zehn Mitglieder dieser Vereinigung hatten vor Ivers Fabrik gegen seine Waffenverkäufe an einen üblen

ATZIS
INEM HÜHN
ORIEN VER
TZENFUT

südamerikanischen Diktator demonstriert. Bis auf Amberson waren die restlichen Mitglieder friedfertige Naturen: er hingegen war bereits mehrere Male wegen Ruhestörung festgenommen und zweimal wegen Beleidigung der Staatsgewalt verurteilt worden. Seine Frau hatte sich wegen seiner Gewalttätigkeit von ihm scheiden lassen.

Einige Tage vor der Bombenexplosion hatte er sich bei einer Demonstration vor Ivers Fabrik lautstark hervorgetan und Ivers heranfahrendes Auto mit Fußtritten traktiert. Als die Polizei eintraf, hatte er ausgerufen: »Irgend jemand sollte Iver in die Luft jagen!« Dieser Ausruf war durch die Presse gegangen.

Amberson lebte alleine. Bei der Hausdurchsuchung fand die Polizei ein Exemplar des Buches »Handbuch für die Stadtguerilla«, in dem u. a. beschrieben wird, wie man eine Blechbüchsen-Bombe baut. Amberson war arbeitslos und hatte nie lange eine feste Anstellung gehabt. Hin und wieder verrichtete er einige Aushilfsarbeiten, aber meistens überwarf er sich mit seinen Vorgesetzten und wurde entlassen. Für kurze Zeit arbeitete er im Zoo, doch hatte er diese Arbeit aufgeben müssen, da sich herausstellte, daß er gegen Tierfellhaare allergisch war.

Amberson weigerte sich, der Polizei mitzuteilen, was er am Tage des Attentats unternommen hatte, beteuerte aber unaufhörlich seine Unschuld.

2. Bob Loomis, ein 45 Jahre alter Vertreter, der verheiratet war und mit Frau und zwei Kindern in einer Wohnung in den Slums der Stadt lebte. Iver und er waren dereinst Geschäftspartner gewesen, bis Iver durch einen cleveren Geschäftstrick die Zusammenarbeit ruiniert hatte. Seltsamerweise kam Iver aus dem Bankrott mit genug Geld heraus, um einen neuen Start zu machen, während Loomis ruiniert war und blieb. Gesundheitlich und seelisch gebrochen, konnte Loomis seine Familie kaum noch ernähren. Armut und Sorge wuchsen ihm über den Kopf. Er litt an einer ernsten Nierenkrankheit, seine Frau hatte schwere Arthritis. Eines seiner Kinder litt unter Asthma, das andere zeigte neurotische Symptome wie Agoraphobie (Angst, ins Freie zu gehen) und Aleuraphobie (Angst vor Katzen). Loomis war inzwischen so krank, daß er kaum noch arbeiten konnte; die Gefahr bestand, daß er auch noch seinen momentanen, sowieso schon schlecht bezahlten Job verlieren würde.

Bei der Durchsuchung von Loomis Wohnung fand sich ein Paket »Blumen-Liebe«, Kunstdünger, wie er für die Bombe gebraucht worden war. Loomis hatte eine Ausbildung als Chemiker, wäre also wohl in der Lage gewesen, eine Bombe zusammenzusetzen. Er behauptete, am Tag der Explosion unterwegs gewesen zu sein, um zu verkaufen, konnte sich aber nicht mehr genau daran erinnern, wo er gewesen war – und sein Auftragsbuch enthielt keinerlei Verkaufseintragungen für diesen Tag.

3. Randall Joad, ein 25jähriger Fernsehmechaniker, dessen Leben durch Ivers Existenz zehn Jahre lang überschattet und beeinflußt worden war. Vor zehn Jahren hatte die Iver Corporation die Joad Mechanics-Gesellschaft aus dem Geschäft gedrängt. Randalls Vater, der Besitzer dieser Firma, hatte daraufhin Selbstmord begangen, Frau Joad einen Nervenzusammenbruch erlitten und danach jahrelang nichts anderes mehr getan, als Pullover für ihre drei fetten Katzen zu stricken.

Als Randall 15 Jahre alt war, war er die einzige Stütze seiner verwirrten Mutter. Anstatt zur Universität zu gehen und eine Karriere im Geschäft seines Vaters antreten zu können, verdiente er Geld als Tellerwäscher, bis er alt genug war, zum Militär zu gehen. In der Armee lernte er, Bomben zu bauen, und erwarb Kenntnisse im elektronischen Bereich. So konnte er nach seiner Entlassung als Fernsehmechaniker Geld für sich und seine dahinsiechende Mutter verdienen. Er behauptete, die Zeit vor der Explosion mit einer Frau, deren Namen er allerdings nicht nennen wollte, verbracht zu haben. Eine Durchsuchung seiner Wohnung förderte nichts Verdächtiges zutage.

4. Clyde Martin, ein 40jähriger Maschinenschlosser, der in Ivers Firma gearbeitet hatte und nun arbeitslos war. Vor einigen Monaten war er wegen einer geringen Übertretung der Firmenregeln entlassen worden, da es den Arbeitern der Firma nicht erlaubt war, sich gewerkschaftlich zu organisieren. Martin wollte diese Willkür nicht einfach hinnehmen, denn es war ihm klar, daß er in seinem Alter nur eine geringe Chance hatte, eine neue Arbeitsstelle zu finden. Er begann, Briefe an Iver zu schreiben; erst bat er höflich darum, seinen alten Arbeitsplatz wieder zu bekommen, dann begann er, wütende Forderungen zu stellen, und zum Schluß drohte er, Iver umzubringen.

Martin war kinderloser Witwer, und er lebte alleine. Er trank viel, und hin und wieder zeigten sich Spuren kurzer geistiger Verwirrtheit. So hatte er mehrere Haustiere seiner Nachbarn vergiftet – Katzen, Hunde und sogar Kaninchen; wegen einer solchen Angelegenheit lief zur Zeit des Attentats auch ein Verfahren gegen ihn.

In der Nacht vor der Explosion wurde er, offensichtlich angetrunken, in Ivers Nachbarschaft aufgegriffen. Er behauptete, einen Freund besucht zu haben, an dessen Namen und Adresse er sich allerdings nicht erinnern konnte. Bei der Durchsuchung seiner Wohnung fand man eine Rolle blauer Elektroschnur.

Angenommen, diese vier Personen seien die einzigen Verdächtigen und kannten einander nicht:

1. Wer von ihnen tötete Hubert Iver?
2. Welche Hinweise deuten auf den Täter?

*(Lösung auf Seite 122)*

# Digby Oxwells detektivischer Nachlaß

Die nachfolgenden Aufzeichnungen fand man im Besitz des leider zu Tode gekommenen Amateur-Detektives Digby Oxwell. Oxwell starb durch einen vergifteten Wurfpfeil, der durch eine raffinierte Vorrichtung, die im Kamin versteckt worden war, abgefeuert wurde. Er war gerade dabei, den Mord an dem berühmten Rechtsanwalt Wadsworth Dill – einem Spezialisten in Strafrechtsverfahren, der offensichtlich von einem seiner eigenen Klienten umgebracht worden war – aufzuklären.

1. Albers, Brill, Carter, Derwent und Munson sind die einzigen Verdächtigen. Alle haben ein Alibi, doch einer von ihnen lügt offensichtlich. Und das muß der Mörder sein.
2. Albers meint: »Wenn Brill die Wahrheit über die grüne Nelke sagt, dann sagt Carter ebenfalls die Wahrheit über das geheimnisvolle Päckchen.«
3. Wenn Brill die Wahrheit sagt, dann sagen auch Albers und Derwent die Wahrheit.
4. Derwent sagt, daß die chemische Formel auf dem Tisch lag.
5. Wenn (und nur in diesem Fall) sowohl Albers als auch Munson die Wahrheit sagen, dann müssen entweder Bill oder Carter lügen.
6. Munson sagt, daß entweder seine eigene Geschichte (über die schwarze Spinne etc.) gelogen ist oder Brill lügt.
7. Nur der Mörder hat gelogen. Deshalb weiß ich nun, wen ich festnehmen muß.

TICK
TICK
TICK

Über das eigentliche Verbrechen gibt es keine anderen Informationen. Aber, einmal angenommen, daß nur der Mörder gelogen hat, ist es möglich, das Verbrechen so zu lösen, wie Digby es tat, und so auch Digbys Mörder zu finden?

*(Lösung auf Seite 123)*

# Verräterische Kritzeleien

Mason Garcannon, der einsiedlerische Milliardär, hatte ein Büro in Los Angeles, in das er niemals einen Fuß setzte. Genauer gesagt, verließ er schon sein einsam gelegenes Haus eigentlich nie, in dem er von einer Reihe von Dienern und Wächtern von der Außenwelt abgeschirmt wurde. Alle Geschäfte seiner Firma, Garxxon International, leitete er vom Telephon aus, ganz alleine; er hatte noch nicht einmal eine Sekretärin. Er kaufte und verkaufte Walzwerke, Fluggesellschaften, Computerfirmen usw. – alles, ohne einen Schritt vor die Türe zu machen. Er hatte einige wenige Bekannte und keine Freunde. Von den vier leitenden Direktoren der Firma waren nur zwei jemals von ihm in sein Haus eingeladen und empfangen worden. Grok Buttersmith war vor zehn Jahren nach Kalifornien beordert worden, um persönlich einige belanglose Einzelheiten über die Firmensteuer zu erklären. Hal Doody war vor einem Jahr in die Höhle des Löwen bestellt worden, um persönlich die Kritik über allzu hohe Ausgaben in Empfang zu nehmen. »Zu viele Taxifahrten«, rief der große, alte Mann damals mit erregter Stimme aus, »zu viele Taxifahrten – fahren Sie mehr Bus!«

Auch wenn Garcannon nie in das Büro kam, so schwebte doch sein Geist beständig, Haß und Schrecken verbreitend, über den Köpfen der Angestellten. Er neigte dazu, Leute wegen der lächerlichsten Abweichungen von den von ihm erlassenen, kleinlichen und exzentrischen Regeln zu entlassen. So ging das Gerücht um, daß er plane, einen seiner Direktoren los zu werden, auf Grund irgendeines reellen oder der Phantasie entsprungenen Fehlers. Aber niemand wußte, wen er im Auge hatte.

Die vier Direktoren – Buttersmith und Doody, Helminthia Jinks und Athanasius Wunder – hielten ihr morgendliches Treffen dementsprechend in bedrückter und düsterer Stimmung ab. Zu der Zeit, als das Treffen begann, ging Garcannons Zimmermädchen in

Hal Doody
MG
GARCANNON
Helminthia Jinks
Athanasius Wunder
MG
MG R.I.P.
Grok Buttersmith

den Jagdraum ihres Arbeitgebers, um die Glasvitrinen voller Gewehre und Jagdtrophäen zu reinigen. Sie fand Garcannon, ausgestreckt auf dem Boden. Seine offenen Augen waren glasig wie die Augen der Bergziege bzw. die Augen aller anderen Tierköpfe, die an der Wand hingen. In seiner Brust stach ein Kris mit wellenförmiger Klinge, der offensichtlich im Moment höchster Erregung von der Wand gerissen worden war. Mason Garcannon war tot.

Die Polizei unterrichtete die vier Direktoren nach ihrem Treffen davon, daß ihr tyrannischer Chef tot sei. Alle vier konnten einen gewissen Ausdruck der Erleichterung nicht unterdrücken.

Der untersuchende Polizist sagte: »Wir wissen, daß Mason Garcannon heute morgen einen von Ihnen zu sich bestellt hatte, aber wir wissen nicht, wen. Wir nehmen an, daß er vorhatte, diese Person zu entlassen, und daß diese Person dann zu dem Messer griff und ihn erstach.«

«Nehmen Sie doch unsere Fingerabdrücke«, schlug Grok Buttersmith vor und hielt dem Polizisten seine wohl manikürten Hände entgegen.

»Das Messer wurde, wie einer von Ihnen ja sicher weiß, sauber gewischt.«

»Wie konnte der Mörder so einfach hinein- und hinausgelangen«, fragte Hal Doody. »Soweit ich weiß, wurde Garcannon schwer bewacht und umgab sich mit Leibwächtern, elektronischen Sicherungsanlagen und so weiter.«

Der Polizist nickte: »Aber Garcannon hatte die Wächter fortgeschickt und die Alarmanlagen selbst ausgestellt. Nur der Himmel weiß, warum. Vielleicht wollte er die betreffende Person unter für beide gleichen Bedingungen treffen.«

»Mann gegen Mann«, sagte Helminthia Jinks.

»Oder Mann gegen Frau«, korrigierte Athanasius Wunder.

»Sehen Sie einmal hier, Inspektor«, sagte der Polizist, »alle vier haben während ihres Treffens auf dem jeweiligen Schreibblock vor sich herumgekritzelt. Vielleicht kann man ja mit Hilfe dieser Zeichnereien herausfinden, wer den tiefen Wunsch und Drang hatte, den alten Mann zu töten.«

»Mehr als das«, entgegnete der Inspektor, »sie haben uns schon verraten, wer der Mörder ist.«

1. Wen nahm der Inspektor daraufhin fest?
2. Welcher Hinweis verrät den Mörder?

*(Lösung auf Seite 124)*

# Das tödliche Testament

Drei Wochen nach dem Tod des millionenschweren Reeders Curzon Cotsworth trafen sich sein Notar und die Erben, um das Testament zu verlesen. Das Treffen fand im Cotsworth Castle statt, vier der sechs Erben waren anwesend.

Die sechs Erben bestanden aus den beiden geschiedenen Ehefrauen des Reeders, den drei Kindern und seiner lebenslangen Gefährtin Maisie Kellerman. Maisie lebte nun in Brasilien und wollte dort auch bleiben; Cotworths Tochter, Melanie, war in der Schweiz in ein Nonnenkloster eingetreten. Die übrigen vier Erben waren am verabredeten Tag an Ort und Stelle erschienen. Während des Morgens durchstreiften sie einzeln das Haus und das Grundstück, wobei sie sich allerdings auch aus dem Weg gingen, da sie einander nicht viel zu sagen hatten und nur aus eben einem einzigen Grund zusammen gekommen waren. Gegen 12.00 Uhr erschien der alte Rechtsanwalt Matthew Singer mit dem Testament.

»Ich begebe mich jetzt in die Bibliothek«, sagte er zu den Herren und Damen, »und werde das Testament erst einmal durchlesen, um sicher zu gehen, daß ich alle Klauseln und Bedingungen richtig verstehe. Dann werde ich Sie alle zusammen zu mir bitten und Ihnen das Testament vorlesen.«

»Aber Matthew, wir wissen doch alle, was in dem Testament steht«, sagte Rosalind, Cotsworths zweite Frau. »Es wird eine mehr oder weniger gleiche Verteilung des Vermögens auf sechs Personen sein.«

»Nicht ganz. Da hat es kürzlich eine kleine Änderung gegeben, die – nun, hm – einen Aspekt des Testamentes verändert. Wollen Sie mich nun bitte entschuldigen.«

Schlag 12.00 Uhr ging Matthew Singer in die Bibliothek. Die Erben blieben im Salon. Von Zeit zu Zeit verlor einer von ihnen die Geduld und ging in die Bibliothek, um zu fragen, wann es denn endlich losgehen solle. Aber der 72jährige Matthew Singer, der ein

Bibliothek
Erica
(Fred)
Bertrand
Salon
Rosalind
Edward

altmodischer Mann war und noch Hemden mit Eckenkragen und eine Halsbinde trug, ließ sich nicht aus der Ruhe bringen.

Einige Minuten nach 13.00 Uhr fand ein Diener den alten Anwalt erwürgt auf dem Boden. Der erst kürzlich erstellte Zusatz war verschwunden.

Inspektor Hughes nahm sich des Falles an. Als erstes ließ er das Haus nach dem Testament-Zusatz durchsuchen. Die halbverbrannten Überreste fand man im Kamin des Salons, hinter dem Feuerrost. Was noch zu lesen war, war folgendes:

»Ich möchte mein Testament nur in einem Punkt verändern. Mein ..............d, des Erbes unwürdig, soll hiermit ................ und das Vermögen auf die fünf übrigbleibenden Erben gleichmäßig verteilt werden. Alle anderen Bestimmungen bleiben unverändert. Unterzeichnet, Curzon Cotsworth.«

Es war klar, daß einer der Erben aus dem Testament gestrichen worden war und hierin das Motiv dafür lag, den Zusatz zu verstekken und Singer zu ermorden. Hughes vernahm also alle vier Erben.

Erica, Cotsworths erste Frau, die von allen ›Fred‹ genannt wurde, sagte: »Ich nehme an, daß es so aussieht, als hätte der Zusatz mir gegolten, und das nur, weil Curzon und ich uns lange Jahre so bitterlich gestritten haben.

Aber die Wahrheit ist, daß wir während der letzten Jahre die besten Freunde waren. Ich glaube, daß Curzon bemerkt hatte, wie schlecht er mich lange Zeit behandelt hat und es wieder gut machen wollte. Ich bin ganz sicher, daß er wollte, daß ich einen Teil seines Vermögens erben soll. Und einmal abgesehen davon: Schon der Gedanke, einen so lieben, alten Freund wie Matthew umzubringen – nie und nimmer. Es muß jemand anders gewesen sein – vielleicht auch ein Diener?

Wir saßen alle im Salon, als Matthew in die Bibliothek ging. Die große Standuhr in der Eingangshalle schlug gerade 12.00 Uhr. Ich wartete vielleicht so fünf Minuten und ging dann zu ihm hinein und fragte ihn, ob ich ihm helfen könne. Er verneinte und meinte, daß er etwa eine Stunde mit dem Testament alleine sein wollte. Ich sah nur das ursprüngliche Testament, nicht den Zusatz (das Testament haben wir alle gesehen): ein dickes Bündel Papier, das in blaues Papier eingeschlagen war. Aber vielleicht war das zusätzliche Blatt ja in das Bündel eingebunden. Mehr kann ich nicht sagen.«

Als nächster erzählte Bertrand, der zweite Sohn, was ihm auf der Seele lag: »Ich nehme an, daß jeder hier glaubt, daß ich derjenige bin, auf den der Zusatz gemünzt ist. Ich gebe zu, daß Vater oft damit drohte, mich zu enterben. Wissen Sie, ich bin Kommunist und sagte ihm offen, daß jeder Pfennig, den ich in die Finger bekäme, für die Partei sei. Offen gestanden, schäme ich mich dessen, der Sohn eines Kapitalisten zu sein. Ich glaube, daß es an mir ist, das von meinem Vater an den Arbeitern begangene Unrecht wieder gut zu machen.

Wir warteten alle im Salon. Ich las ein aufschlußreiches Buch über den Kampf der Arbeiter in Lateinamerika. Nachdem Fred aus der Bibliothek zurückkam, wartete ich noch fünfzehn Minuten – ich habe eine phantastisch genau gehende, russische Uhr –, dann ging ich hinein. Ich wollte den alten Singer fragen, ob er die Angelegenheit nicht etwas beschleunigen könne.

Er las gerade ein einzelnes Blatt Papier. Ich nehme an, daß dies der besagte Zusatz war, denn er bemühte sich augenscheinlich darum, mich den Inhalt nicht sehen zu lassen. Er legte es mit der Schrift nach unten auf den Tisch und befahl mir, das Zimmer zu verlassen. Ich sagte ihm, daß ich mir von Lakaien des Imperialismus keine Befehle geben lasse. Wahrscheinlich sagte ich das etwas lautstark – weiß ich nicht mehr so genau. Dann verließ ich den Raum. Eine wenige Momente später ging Rosalind, Vaters zweite Frau, in die Bibliothek.«

Edward, der älteste Sohn, sagte: »Ich bin bereit, meine Fehler einzugestehen. War ich eigentlich immer. Aber immerhin bin ich nicht so ein roter Kriecher wie hier mein feiner Bruder Bertie. Mein einziger Fehler ist, daß ich dazu neige, Geld auszugeben; ich trinke gern, ich spiele gern. Nun ja, ich habe einige recht teure Wagen zu Schrott gefahren, hier und da auch Schulden gemacht – aber was sind schon zehn- oder zwanzigtausend, wenn der Vater ein Millionär ist. Ganz bestimmt wißt ihr alle von dem Streit, den ich mit Vater vor einigen Monaten hatte. Eigentlich nichts Ernstes, brauchte ein wenig Bargeld für einen Notfall – so 'ne kleine Vaterschaftsangelegenheit – und er ging fast durch die Decke und drohte mir, mich zu enterben. Aber das war natürlich nur eine Drohung. Später wurde er dann doch vernünftig und zahlte das Mädel aus.

Ich nehme an, wir waren alle so ungeduldig, daß jeder von uns sich gedrängt fühlte, Singer ein wenig zu schnellerem Lesen anzutreiben. Die Standuhr in der Halle hatte gerade die halbe Stunde angeschlagen, als ich in die Bibliothek ging. Hätte ja sein können, daß der alte Herr da drinnen ein Nickerchen hält.

Aber ich fand ihn tot auf dem Boden. Ich wußte nicht, was ich tun sollte. Ich dachte mir zwar, daß der Mörder scharf auf den Zusatz gewesen sein muß, aber da lag er noch, auf dem Boden, nahe seiner Hand. Es war ein einzelnes Blatt Papier, auf dem oben das Wort ›ZUSATZ‹ geschrieben stand. Ich war so durcheinander, daß ich es noch nicht einmal durchlas. Ich fürchtete, daß der Mörder zurückkommen könnte, um es zu vernichten – und mich gleich mit. Ich weiß, eigentlich hätte ich Alarm schlagen müssen und allen den Zusatz zeigen müssen – aber ich hab's nicht getan. Ich bin kein Feigling, aber ich dachte: das beste ist, ich sage nichts. Ich faltete das Blatt zusammen und legte es in ein Buch, das auf dem Tisch lag. Das Buch war ein Roman mit dem Titel ›Unsichtbares Grün‹. Und ich merkte mir sorgfältig, zwischen welche Seiten ich das Blatt legte – zwischen Seite 49 und Seite 50. Ich entschloß mich, nicht sofort Alarm zu schlagen, sondern dem Mörder eine Falle zu stellen – denn vielleicht würde er oder sie ja noch einmal hineingehen, um den Zusatz zu holen.

Ich möchte ja niemanden verdächtigen, aber ich sah, daß Rosalind ein zweites Mal in die Bibliothek ging und mit dem Buch in der Hand zurückkam.«

Rosalind, Cotsworths zweite Frau, sagte: »Ich war zweimal in der Bibliothek. Das erste Mal, als Bertie gerade herauskam. Ich fragte Mr. Singer, wann es soweit sei. Und er antwortete etwas wie: ›Am Sankt-Nimmerleins-Tag, wenn Sie mich nicht langsam in Ruhe lassen.‹ Ich habe nicht bemerkt, ob er den Zusatz hatte oder nicht. Ich ging also zurück in den Salon. Aber da gab's nichts zu tun; jedermann saß mürrisch und beunruhigt herum. Da erinnerte ich mich daran, daß ich morgens einen Kriminalroman mit dem Titel »Unsichtbares Grün« in der Bibliothek liegen gelassen hatte. Nachdem Edward aus der Bibliothek kam, entschloß ich mich, mir das Buch zu holen. Und ich nahm mir vor, wenn Singer mich wieder anschreien würde, zurückzuschreien. Immerhin ist das hier mein Haus oder wird es auf jeden Fall werden.

In der Bibliothek konnte ich niemanden entdecken. Jetzt, da ich die Lage der Leiche gesehen habe, kann es wohl sein, daß sie dann auch schon da war, hinter dem Schreibtisch. Ich dachte, daß er für einen Moment den Raum verlassen habe, ergriff schnell das Buch und eilte hinaus.

Ja, ich kann mir vorstellen, daß der Zusatz vielleicht mir gilt. Denn immerhin verließ Curzon seine erste Frau und seine drei Kinder, um mich zu heiraten, und als ich ihn dann wegen eines anderen Mannes verließ, muß ihn das wohl sehr gekränkt haben. Aber ich weiß, daß er mir verziehen hat, bevor er starb. Curzon war ein großzügiger und großherziger Mann.«

Hughes stellte fest, daß niemand in der kritischen Zeit den Salon verlassen hatte, außer um in die Bibliothek zu gehen. Da der alte Anwalt ein schmächtiger, kleiner Mann gewesen war, war es kein besonderes Kunststück, ihn von hinten mit seinem eigenen Halstuch zu erwürgen. Der Mord war schnell und geräuschlos über die Bühne gegangen. Es gab keine anderen Verdächtigen: Niemand außer den Dienern war im Haus und keiner von ihnen wurde in dem Testament erwähnt.

1. Wer tötete Matthew Singer?
2. Welchen Fehler beging der Mörder?

*(Lösung auf Seite 125)*

# Wie im Kriminalroman

Die erfolgreiche Kriminalschriftstellerin Agnes Day (»Mord in der Leichenhalle« usw.) lebte fast so seltsam wie die Gestalten in ihren Büchern. Ein Teil des Jahres lebte sie mit ihrem Mann ein recht konventionelles Stadtleben in ihrem Londoner Haus. Wenn sie aber an einem ihrer Romane arbeitete, zog sie sich völlig von der Welt zurück.

In dieser Zeit lebte sie in einem winzigen Bungalow an der See, mit Blick auf Beagle Island. Ihr einziger Kontakt zur Außenwelt waren ihr Fahrrad und das Telephon – und beides benutzte sie selten. Sie pflegte sich eine ausreichende Menge an nötigem Proviant mitzunehmen und dann konzentriert zu arbeiten – bis es dann einen oder zwei Monate später soweit war: Sie und eines ihrer einmaligen Kriminalrätsel (»Trauriger Mörder« usw.) traten wieder ins Licht der Öffentlichkeit. Die Welt dort draußen wußte nichts von ihrer selbstgewählten Einsamkeit – den Nächten, in denen sie ängstlich lauschte, ob Schritte im Kies zu hören seien, und den Tagen, die sie mit einem Revolver neben der Schreibmaschine zubrachte.

Ihre Furcht war keineswegs grundlos. Es hatte einen Versuch gegeben, das Haus niederzubrennen, als sie sich darin befunden hatte. Agnes Day hatte daraufhin die Polizei eindringlich gebeten, einige Leute für sie im Auge zu behalten. Doch die Polizei nahm diese Ängste nicht sonderlich ernst und nur einige wenige wohlwollende Polizisten (Fans von »Mord in der Mongolei« usw.) ließen sich soweit auf ihre Bitte ein, daß sie sie jeden Morgen einmal anriefen.

Agnes Day hatte fünf Feinde: Henrietta Sturgemoore, die eine kleine Pension in Wareville, ein Stück weiter an der Küste führte. Einige Jahre zuvor hatten ihr Ehemann Daniel und Agnes Day eine Freundschaft begonnen, die allmählich in Liebe umgeschlagen war; und je mehr ihre Liebe wuchs, um so größer wurde Henriettas

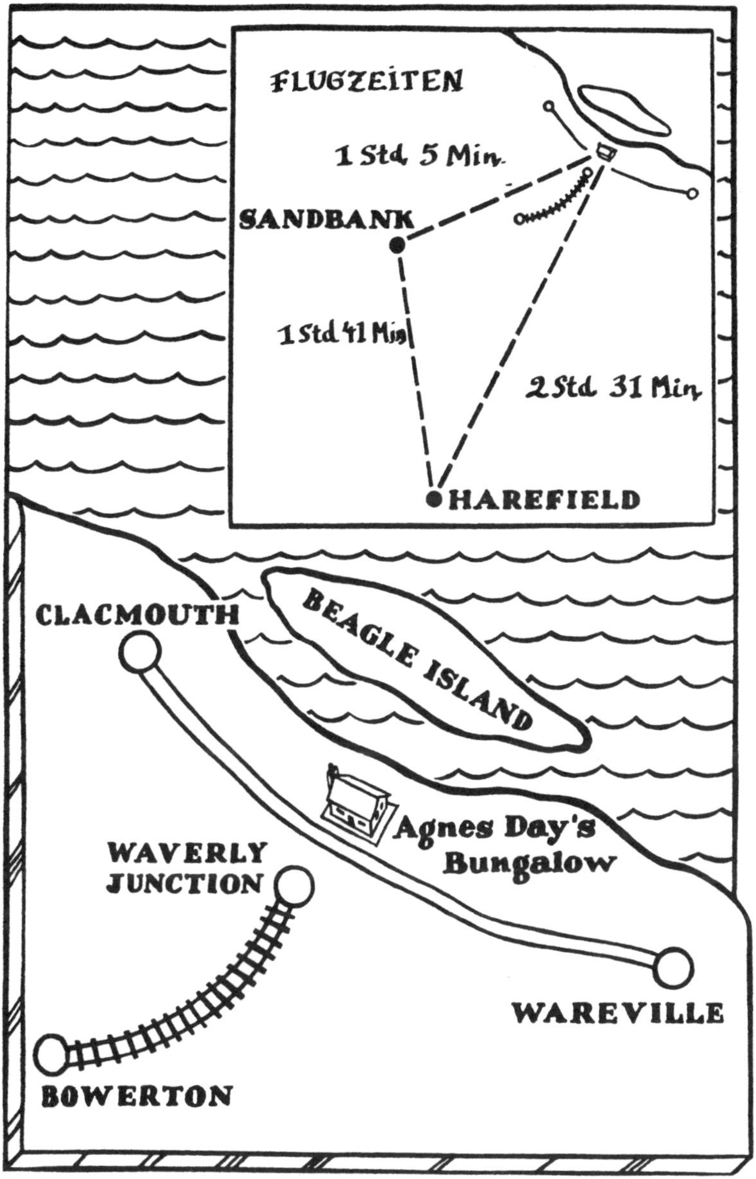

FLUGZEITEN
1 Std. 5 Min.
SANDBANK
1 Std 41 Min
2 Std. 31 Min
HAREFIELD
CLACMOUTH
BEAGLE ISLAND
Agnes Day's
Bungalow
WAVERLY
JUNCTION
WAREVILLE
BOWERTON

Haß. Aber nun war diese Affaire vorüber, die Ehe geschieden, Daniel nach Australien ausgewandert, aber Henriettas Haß war geblieben.

Dann war da noch Bradford Fyle, Agnes Days Agent. Wie sie vor kurzem herausgefunden hatte, hatte er ihr Geld systematisch zu seinem eigenen Vorteil benutzt. Trotz dieser Entdeckung wagte sie es nicht, ihn von ihrem Wissen in Kenntnis zu setzen oder ihn zu entlassen. Der Verlust einer so wichtigen Klientin würde seinen Ruin bedeuten, und es wäre immerhin vorstellbar, daß er es vorziehen würde, diese wichtige Klientin tot zu sehen. Als ehemaliger Fremdenlegionär von aufbrausendem, gewalttätigem Temperament war er ein Mann, dem eine kleine Brandstiftung wohl zuzutrauen war.

Agnes Days Ehemann, Monty Day, hatte zur Zeit eine Affaire mit einer Dame namens Nora Barnes, eine Mykologin. Als Mrs. Day dies durch einen von ihr geheuerten Privatdetektiv erfuhr, dachte sie sofort an giftige Pilze. Nun, Ms. Barnes war eine unbekannte Größe, aber es war offensichtlich, daß Monty seine Frau am liebsten tot sähe. Ihr ganzer gemeinsamer Wohlstand beruhte auf ihrer Arbeit; er wußte, daß es nicht möglich sein würde, eine Scheidung durchzusetzen und doch das Geld zu behalten.

Nicht zu vergessen war auch Jacquetta Llewellyn, Agnes Days ehemalige Sekretärin, die dieser Tage aber ziemlich gefährliche Tendenzen zur Neurose zeigte. Ms. Llewellyn glaubte, daß Mrs. Day ihr den Plot für ihren berühmten Roman »Mord um jeden Preis« gestohlen habe. Mehr als einmal hatte sie in der Öffentlichkeit Drohungen gegen Mrs. Day verlauten lassen.

Eines Morgens, als Agnes Day gerade an ihrem neuen Roman »Mord wie im Kriminalroman« schrieb, telephonierte sie wie üblich mit einem ihrer Polizei-Fans.

Der örtliche Polizist in Wareville sah Henrietta Sturgemoore um genau 8.10 Uhr beim Einkauf im Laden des Ortes. Von Wareville bis zu Agnes Days Bungalow fährt man in einem Wagen eine Stunde und 20 Minuten, aber Mrs. Sturgemoore besitzt keinen Führerschein.

Ein Polizist in Bowerton sah Bradford Fyle um 8.30 Uhr, als er eine Fahrkarte nach Waverly Junction kaufte. Der Zug fährt jeden Tag um 9.03 Uhr von Bowerton ab und braucht 50 Minuten, bis er Waverly Junction erreicht. Von dort aus sind es noch einmal 17 Minuten zu Fuß bis zu Mrs. Days Haus.

Genau um 8.07 Uhr startete Monty Day mit seinem privaten Helikopter von Sandbank aus. Mit dem Helikopter würde er von dort bis zum Haus seiner Frau eine Stunde und fünf Minuten Flugzeit benötigen.

Jacquetta Llewellyn hielt sich zu dieser Zeit in einem Hotel in Clacmouth auf, einem kleinen Ort nördlich von Mrs. Days Haus. Eine Polizeistreife sah sie um 8.32 Uhr in Richtung Agnes Days Haus davonfahren. Von Clacmouth bis zu Mrs. Days Haus fährt man mit dem Wagen eine Stunde und 15 Minuten.

Nora Barnes wurde um 8.30 Uhr auf Beagle Island gesehen, wo sie offensichtlich Pilze sammelte. Sie war dort von Monty abgesetzt worden, und die beiden hatten verabredet, daß er sie am Nachmittag wieder abholen werde. Auf der Insel gab es kein Boot und die Strömung war selbst für einen guten Schwimmer zu stark.

Um 10.12 Uhr fand man Agnes Day zusammengesunken auf ihrer Schreibmaschine; sie war mit einem Strumpf erwürgt worden. Der Revolver lag am üblichen Platz neben der Schreibmaschine. Sie war wenigstens seit einer Stunde tot. Die Polizei überprüfte sofort alle Verdächtigen.

Bradford Fyle schien außer Verdacht zu sein. Er war um 9.53 Uhr aus dem Zug gestiegen und geradewegs zu Mrs. Days Haus gegangen, wo er um etwa 10.10 Uhr ankam. Er fand die Ermordete und benachrichtigte die Polizei. Henrietta Sturgemoore war, als die Polizei sie um 10.30 Uhr anrief, in ihrer Wohnung in Wareville. Sie behauptete, daß sie seit 8.30 Uhr zu Hause gewesen sei.

Monty Day landete um 9.48 Uhr in Harefield, das sich eine Stunde und 41 Minuten von Sandbank entfernt, aber zwei Stunden und 31 Minuten vom Bungalow entfernt befindet.

Jacquetta Llewellyn kam einige Stunden später in ihr Hotel zurück und behauptete, sie sei einfach ziellos herumgefahren und habe sich die Gegend angesehen.

Nora Barnes war noch auf der Insel und sammelte Pilze, als die Polizei sie abholte. Das war um 12.00 Uhr. Sie behauptete, die Insel nicht verlassen zu haben, und es gab keinerlei Anzeichen für das Gegenteil.

1. Was ist der früheste und der späteste Zeitpunkt, an dem der Mord geschehen konnte?
2. Welche der verdächtigen Personen konnte den Bungalow vor dem letztmöglichen Zeitpunkt erreicht haben? Und wer von ihnen konnte dann rechtzeitig an dem Punkt sein, an dem die Polizei sie fand?
3. Wenn keiner der Verdächtigen in einen solchen Zeitplan einzufügen ist, wie könnte der Mord dann stattgefunden haben?
4. Wer war's?

*(Lösung auf Seite 126)*

# Ein Fall von Comic-Napping

Vor Zeiten hätte sich das exklusive Auktionshaus Bywaters in Mayfair niemals dazu herabgelassen, solchen Trödel wie alte Spielzeug-Eisenbahnen, mottenzerfressene Teddybären, 78er Schellackplatten und seltene Ausgaben früher Comic-Hefte anzubieten. Doch ein Auktionator folgt dem Ruf des Geldes. Nachdem die Konkurrenz eine Sammlung von Blech-Spardosen für 80 000 Pfund unter den Hammer gebracht hatte, stürzte sich auch Bywaters kopfüber in das lukrative Geschäft mit diesem Kleinkram. Für den 15. März war eine Sonderauktion für Comics, Noten, Spielzeug-Musikinstrumente und ähnliches angesetzt. Das Prunkstück, von dem man im Geheimen erwartete, daß es um die 50 000 Pfund bringen könnte, war dieses:

Nr. 947 – DICK DANGERFOOT, Comic-Heft, Band 1, Heft 1 (April 1939). Druckfrisch. Außerordentlich seltenes Stück, von Liebhabern als die »Mauritius« seiner Art betrachtet. Bisher nur bekannt in beschädigten oder fehlerhaften Exemplaren, zum Teil wegen des extrem hohen Säuregrades des Originalpapiers. Dieses Exemplar, von der Druckerei in luftdichter Hülle aufbewahrt, wird zusammen mit den Original-Druckplatten (vierfarbig) verkauft. Blaue Platte Nr. 4 mit Kratzern. Aufrufpreis: 12 000 Pfund.

In der Nacht zum Dienstag, dem 13. März, drangen Diebe in das kaum bewachte Lagerhaus ein, das Bywaters für weniger Wichtiges benutzte. Nur ein Objekt wurde gestohlen: Dick Dangerfoot.

Die Direktoren waren am Morgen noch kaum über den Schock hinweggekommen, als ein Erpresserbrief eintraf. 25 000 Pfund war die Forderung für die Rückgabe des Heftes.

»Ich habe es gewußt. Wir hätten uns niemals auf dieses miese Geschäft einlassen sollen«, sagte das älteste Mitglied des Vorstands.

»Offensichtlich ist es voll von Gaunern und Gangstern. Meine Meinung: Wir begrenzen die Verluste. Sagt die Auktion ab.«

»Das geht auf keinen Fall«, sagte der Nächst-Älteste. »Wir müßten dem Besitzer Fünfzig-, vielleicht Sechzigtausend zahlen. Und denken Sie daran, das würde unseren Ruf ruinieren. So etwas ist uns in 187 Jahren noch nicht passiert. Wir werden zahlen müssen.«

»Wir könnten einen Privatdetektiv einschalten«, schlug ein anderer vor, und das wurde schließlich beschlossen. Noch am selben Abend stellte der Detektiv eine Liste der möglichen Verdächtigen auf, und am folgenden Tag beschaffte er Handschriften-Proben zum Vergleich. Die Verdächtigen sind:

1. Morgan Lamb, ein jüngerer Mann von Bywaters, Experte für Gedrucktes aller Art und Comics. Niemand kannte den Wert des Heftes so genau und wußte besser, wie man da herankommen konnte.
2. Cornelius Garnett, vermögender amerikanischer Comic-Sammler, von dem man wußte, daß er seine Sammlung gern mit diesem Stück gekrönt hätte.
3. Fred Swindon, Wachmann im Lagerhaus. Es schien merkwürdig, daß der Diebstahl so glatt gegangen war, obwohl es einen Aufseher gab. Entweder war er schlampig oder er steckte mit drin in der Sache.
4. Lester McPherson, ein kleiner Gauner mit großem Ehrgeiz für neue Tricks, anderen Leuten das Geld aus der Tasche zu ziehen. Er hatte sich einen Katalog dieser Auktion bestellt.

Die Abbildung zeigt die Handschriftproben der vier Verdächtigen und die (offensichtlich verstellte) Handschrift des Erpresserbriefs.

Wer hat den Brief geschrieben?

*(Lösung auf Seite 128)*

ERPRESSERBRIEF:
Ich habe den Dangerfoot-Comic aus Ihrem Lager. Wenn Sie das Heft zurückwollen, besorgen Sie 25.000 Pfund in gebrauchten Scheinen. Keine Tricks, oder ich werde es verbrennen! Beschaffen Sie das Geld in eine Tüte und warten Sie auf weitere Anweisungen
CORNELIUS GARNETT
für den Fall, daß Sie die Beano-Sammlung als Paket offerieren, wäre ich zu einem Angebot bereit
Sehr geehrte Herren,
Sie haben in den letzten drei Monaten keinerlei Rückzahlungen für Ihr Darlehen bei der Highflyer Finanz A.G. geleistet. Die Angelegenheit ist mir zur Erledigung übergeben worden. Sie können sich sicher vorstellen, daß wir die Möglichkeiten haben, Ihnen das Leben schwer
LESTER McPHERSON
Druckfrisch. Außerordentlich seltenes Stück, von Liebhabern als die "Mauritius" seiner Art betrachtet. Bisher nur bekannt in beschädigten oder fehlerhaften Exemplaren, zum Teil wegen des extrem hohen Säuregrades des Originalpapieres.
MORGAN LAMB
Hiermit möchte ich mich für eine Tätigkeit bei Ihnen bewerben. Ich habe 15-jährige Erfahrungen im Wachdienst in Yorkshire und, wie Sie sehen, gute Zeugnisse. Ich war immer von gu-
FRED SWINDON

# Lucky Lasagnes Tod

Als die Oberhäupter der zwölf größten Mafia-Familien zu einem privaten Abendessen zusammenkamen, war der FBI fest entschlossen, alles zu unternehmen, um in Erfahrung zu bringen, was während dieser Zusammenkunft geschah. Sie photographierten jeden, der in den im Alhambra Hotel reservierten kleinen Salon ging und statteten den Ober mit einem kleinen Tonbandgerät aus.

Die Illustration zeigt die Nachwirkung dieses opulenten Abendessens. Der Tote auf dem Boden ist Lucky Lasagne aus New York. Die gerichtsmedizinische Untersuchung ergab, daß er von seinem direkten Gegenüber erschossen wurde, als er am Tisch saß. Der Ober bestätigte dies. Auf dem Tischtuch gab es keinerlei Blutspuren, auch waren der Körper des Toten und die Stühle vor dem Eintreffen der Polizei verrückt worden. Alle Anwesenden inklusive des verängstigten Obers wiesen vor allen Dingen große Gedächtnislücken auf.

So blieb zur Wahrheitsfindung nur das vom Ober aufgenommene Tonband. Doch leider hatte er erst gegen Ende des Abends, als er die Zigarren anbot, daran gedacht, das Tonband einzuschalten. Er erinnerte sich daran, an einem Ende des Tisches angefangen zu haben und dann im Uhrzeigersinn herumgegangen zu sein. An den verschiedenen Stimmen konnte man erkennen, daß jede Person etwas gesagt hatte:

1. »Ich sitze am liebsten am Kopfende des Tisches, ist doch klar, oder? Da habe ich alle im Blick.«
2. »Wenigstens sitzt du nicht mit dem Rücken zur Türe wie ich. Und ich sehe, daß Jimmy Giotto wie üblich natürlich nicht mit dem Rücken zur Türe sitzt.«
3. »Jimmy scheint wieder einmal Streit mit Bugsy zu haben. Man muß offensichtlich zwei Leute zwischen sie setzen, um sie auseinander zu halten.«

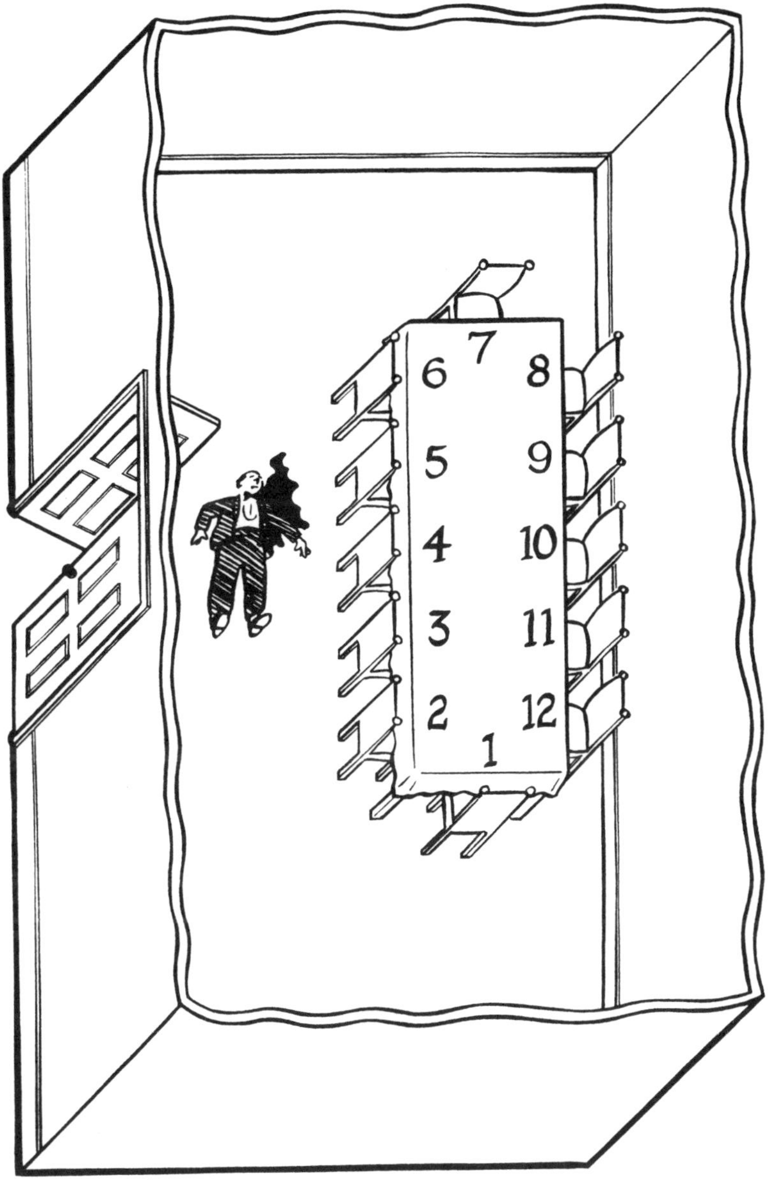

7
6
8
5
9
4
10
3
11
2
12
1

4. »Ich habe gehört, daß die drei Jungs aus New York immer so nebeneinander sitzen – Lucky Lasagne, Nails Garibaldi und Bugsy Donizetti. Seltsam, was? Und Nails ist immer in der Mitte.«
5. »Nun, man sagt, daß Donizetti nirgendwohin ohne seinen Schwager Leo Da Vinci geht, der links von ihm sitzt. Wie ein Leibwächter. Und da ist er auch schon.«
6. »Na, ich frage mich, wie es Dan Aligheri wohl gefällt, genau gegenüber von diesem Idioten Wie-heißt-er-noch-gleich, dem neben Klein-Cäsar, zu sitzen?«
7. »Wie kommt es, daß Big Al Scarlatti am Kopfende sitzt und sein Sohn Joe links neben ihm? Macht ganz den Eindruck, als hätte die Kansas-Familie hier das Sagen.«
8. »Mir fällt auf, daß Tony Sforza und Legs Galvani, die zwei Jungs aus L.A., zwar auf derselben Seite des Tisches, aber voneinander getrennt sitzen. Was das wohl zu bedeuten hat?«
9. »Vic Verdi und Jim sollten eigentlich nebeneinander sitzen, statt dessen sitzen sie sich gegenüber. Sieht aber gar nicht nach guter, alter Solidarität aus, was?«
10. »Na ja, Dinge verändern sich und der Verein wird größer und größer. Hier sind drei Jungs aus New York, zwei aus Los Angeles, vier aus Chicago, einer aus Vegas und der Rest ist aus Kansas City.«
11. »Legs sagt, daß die Jungs aus Chicago alle nicht nebeneinander sitzen. Interessant, was?«
12. »Borgia ist ja vielleicht in Vegas eine große Nummer, aber hier ist er nur ein ganz, ganz kleines Würstchen.«

1. Wo saß jeder?
2. Wie heißt der Mörder und aus welcher Stadt kommt er?

*(Lösung auf Seite 129)*

# Ein paar Georges zuviel

Als der Öl-Magnat H. Herkimer Wump in Houston, Texas, im Alter von 80 Jahren starb, hinterließ er sein riesiges Vermögen seinem Sohn George. Das einzige Problem dabei war, daß George seit 1940 nicht mehr gesehen worden war, in welchem Jahr nämlich George gekidnappt worden war.

Die Familie Wump reiste damals gerade durch Frankreich und der kleine George verschwand aus seinem Zimmer in dem damals gemieteten Schloß. Zwar erhielt die Familie noch eine Lösegeldforderung, doch bevor die Summe bezahlt werden konnte, brach der Zweite Weltkrieg aus und die Familie mußte das Land fluchtartig verlassen. Man hörte nie wieder etwas von den Kidnappern und glaubte daher allgemein, daß George tot sei – nur nicht der alte Herkimer Wump. Er gab die Hoffnung nie auf. Jahrelang investierte er Riesensummen für Detektive, doch niemand fand eine Spur von George.

Herkimers Testamentsvollstrecker gaben Suchanzeigen in allen großen Zeitungen der Welt auf. Es meldeten sich 487 angebliche Erben. Georges in allen möglichen Schattierungen, aus allen möglichen Schichten und jedweden Alters. Einer war so alt wie Herkimer selbst und einer war eine Georgina. Ein netter alter Mann aus Arkansas schwor Stein und Bein, daß seine Schildkröte Erik eine Reinkarnation des verlorenen Sohnes sei und bat freundlich und bestimmt um die Aushändigung des Schecks.

Irgendwie war es durchgedrungen, daß George ein Muttermal hinter seinem rechten Ohr gehabt habe. Mehr als fünfzig Kandidaten konnten solche Muttermale, echt oder mehr oder minder geschickt tätowiert, aufweisen.

Nach mühsamer Recherche kamen vier Georges in die engere Wahl. Jeder hatte ein echtes Muttermal an der rechten Stelle und eine gute Geschichte zu erzählen, und keinem von ihnen war nachzuweisen, daß er jemand anderer sei. Alle vier erinnerten sich

1
ORGIVS I
2
1940
3
4
SCHWEIZ
31

an Herkimers Interesse für olympische Sportarten, Skilaufen, Münzen und Expeditionen, aber diese Vorlieben waren natürlich auch schon häufiger in der Presse erwähnt worden. Herkimers Testamentsvollstrecker sagte sich aber, daß die drei falschen Georges sich gewiß durch eigene Lügen verraten würden und so der richtige George ermittelt werden könnte. Hier sind Ausschnitte aus den Aussagen der vier Georges:

1. »Daddy versuchte, mir in der Schweiz das Skilaufen beizubringen... Ich kann mich noch gut an seine Münzsammlung erinnern. Eine Münze, einen englischen Penny, gab er mir. Ich trug sie an einer Kette um den Hals und habe sie noch heute irgendwo, denn die Kidnapper nahmen sie mir damals nicht fort. Auf ihr stand Georgivs I, George der Erste. Ich habe immer geglaubt, daß ich nach ihm benannt worden sei. Vielleicht ist es ja auch so...«
2. »Ja, Daddy nahm mich, kurz bevor ich gekidnapt wurde, mit zur Olympiade. Ich war damals vier Jahre alt, aber ich erinnere mich noch gut an all die bunten Fahnen, das Entzünden der Flammen, den festlichen Einzug der Athleten. Es war einer der schönsten Eindrücke meiner Kindheit...«
3. »Einmal nahm Daddy mich mit auf eine Expedition nach Sibirien. Wir flogen mit einem kleinen Flugzeug in die Gegend, in der Männer dieses riesige Mammut aus dem Eis gegraben hatten. Es war sicherlich Tausende von Jahren alt, aber es war so gut erhalten, daß wir ein Abendessen mit geröstetem Mammutfleisch aßen. Ich glaube, ich fand das Fleisch nicht besonders wohlschmeckend...«
4. »Eines Tages nahm Daddy mich mit in die Schweiz. Damals wußte ich noch nicht, daß es die Schweiz war. Alles, was ich wußte, war, daß es ein kalter Platz war, an dem die Menschen auf Ski liefen und seltsam redeten. Als Daddy einen Brief schrieb, klebte er eine Briefmarke auf das Kuvert, und auf der Briefmarke stand SCHWEIZ. Da ich gerade schreiben lernte, schrieb ich das Wort ab...«

1. Wer von den Vieren lügt mit Sicherheit?
2. Sagt einer der Vier möglicherweise die Wahrheit? Und wenn ja, welcher?

*(Lösung auf Seite 132)*

# Eine brennende Botschaft

Nachbarn riefen die Polizei, als sie um 18.00 Uhr aus einer heruntergekommenen Atelierwohnung im Londoner Norden heftigen Lärm wie von einem Streit und Schüsse hörten. Fünf Minuten später war die Polizei an Ort und Stelle. Als sie die Treppe hocheilten, fiel ein weiterer Schuß. Ein junger Mann taumelte aus der Wohnungstüre. Er weinte und ließ einen Revolver fallen. »Sie ist tot«, sagte er. »Ich wollte auch sterben, ich habe versucht, zu sterben.«

In der Atelierwohnung fanden sie eine junge Frau, die tot auf dem Boden lag. Es waren drei Schüsse auf sie abgegeben worden, von denen einer ihr geradewegs ins Herz gedrungen war. Nicht weit von ihr entfernt lagen eine zerrissene Plastiktüte und diverse Lebensmittel über den Boden verstreut. Die Überreste eines teilweise verbrannten Briefes glimmten noch in einem Aschenbecher. Man nahm sie sofort sorgfältig aus dem Aschenbecher heraus und bewahrte sie auf. Der größte Teil des Raumes war, bis auf einige wenige schäbige Möbel aus zweiter Hand, voll mit Bildern.

Das Opfer war Karen Medwar, eine junge Buchhalterin. Sie hatte hier mit ihrem Freund gelebt – das war der junge Mann mit dem Revolver. Er hieß Raoul McTavish und war ein erfolgloser Maler. Es war in der Nachbarschaft kein Geheimnis, daß Karen stets die Miete gezahlt, die beiden sich aber häufig und heftig gestritten hatten. Von Raoul sagte man, daß er eifersüchtig sei.

Eigentlich schien ganz klar, was passiert war, bis Raoul seine Aussage machte.

»Den ganzen Tag lang war ich im St. James Park, um zu zeichnen. Als es begann, nach Regen auszusehen, ging ich nach Hause. Ich war etwas überrascht, als ich Derek Caldwell aus dem Haus kommen sah, während ich die Straße entlang ging. Er hat mich wohl nicht gesehen. Okay, klar, ich gebe zu, daß ich eifersüchtig auf ihn bin. Er war Karens voriger Freund und lungerte

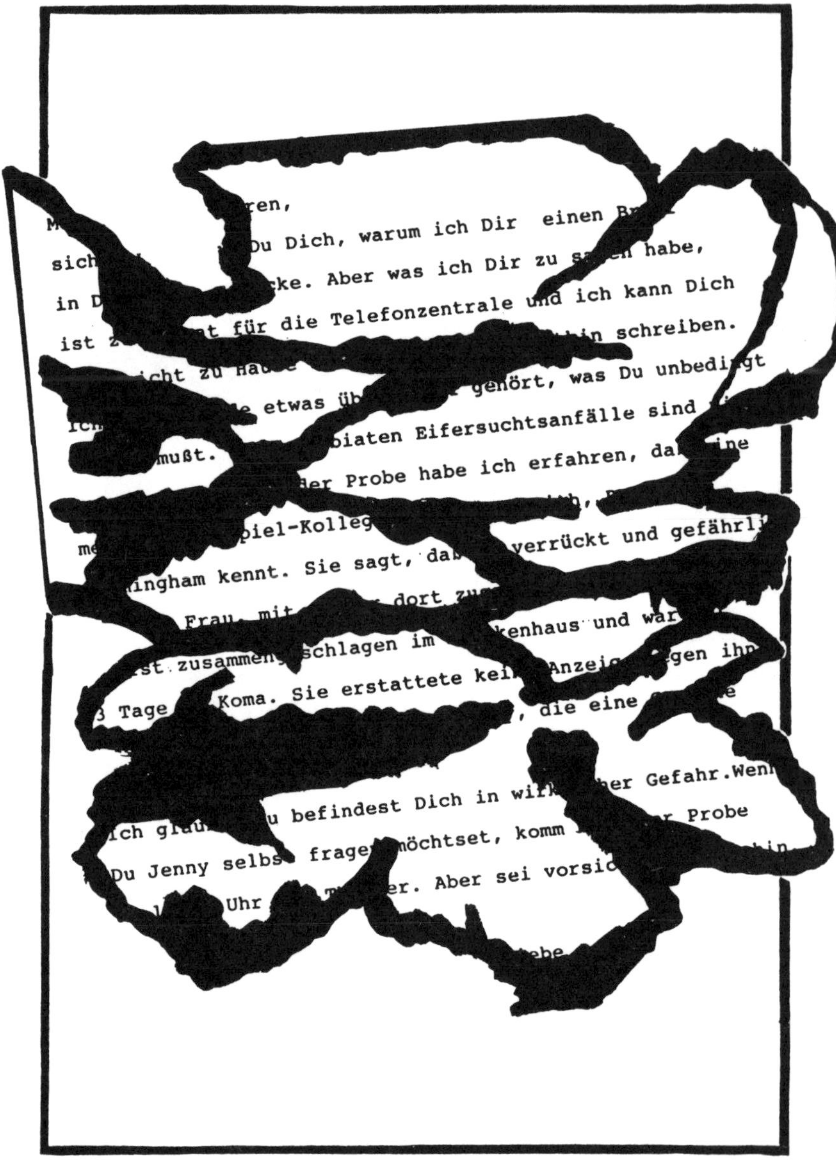
M[redacted]ren,
sich[redacted]Du Dich, warum ich Dir einen Br[redacted]
in D[redacted]cke. Aber was ich Dir zu s[redacted]en habe,
ist z[redacted]t für die Telefonzentrale und ich kann Dich
[redacted]icht zu Hau[redacted]hin schreiben.
Ich[redacted]e etwas üb[redacted]gehört, was Du unbedi[redacted]gt
[redacted]mußt.[redacted]biaten Eifersuchtsanfälle sind[redacted]
[redacted]der Probe habe ich erfahren, da[redacted]ine
me[redacted]piel-Kolleg[redacted]
[redacted]ingham kennt. Sie sagt, da[redacted]verrückt und gefährli
[redacted]Frau. mit[redacted]dort zu[redacted]
[redacted]st zusammen[redacted]schlagen im[redacted]kenhaus und war
3 Tage[redacted]Koma. Sie erstattete kei[redacted]Anzeig[redacted]gen ihn
[redacted], die eine[redacted]e
Ich glau[redacted]u befindest Dich in wirk[redacted]her Gefahr.Wenn
Du Jenny selbs[redacted]fragen möchtset, komm[redacted]r Probe
[redacted]Uhr[redacted]T[redacted]er. Aber sei vorsic[redacted]hin.
[redacted]ebe[redacted]

hier immer noch herum, um sie zurück zu bekommen. Da er ein erfolgreicher Schauspieler ist, kann er sie ausführen und eine Menge Geld für sie ausgeben – wer wär bei so was nicht eifersüchtig? Aber ich hab' immer gesagt, sie hat das Recht, herauszufinden, wen sie denn nun wirklich mag. Ich ging zum Eckladen und kaufte ein paar Dinge für das Abendessen. Dann ging ich hoch zur Wohnung und fand sie hier tot auf dem Boden liegend. Caldwell konnte es einfach nicht ertragen, daß sie mich vorzog.

Was dann geschah, weiß ich nicht mehr genau. Ich weiß, ich hob den Revolver auf – vielleicht wollte ich mich umbringen, ich weiß es nicht. Ich hielt mir den Revolver an den Kopf, aber als ich dann abdrückte, schleuderte ich ihn fort.«

Raoul konnte keine Aussage zu dem Brief machen, obwohl er zugab, daß er ihn möglicherweise in seiner verzweifelten Trauer unbewußt verbrannt habe. Der Revolver gehörte Karen; sie hatte ihn schon solange, wie er sie kannte, und er wußte nicht, woher sie ihn hatte. Freunde von Karen bestätigten, daß sie den Revolver vor ein paar Jahren bei einer Reise mit Derek durch Amerika gekauft hatte. Karens Arbeitgeber sagte, daß sie an diesem Tag die Arbeit schon früher, nämlich um 15.30 Uhr verlassen habe, da sie einen Termin beim Zahnarzt gehabt habe. Der Zahnarzt wußte nichts von einem solchen Termin.

Man untersuchte auch Derek Caldwells Wohnung und befragte seine Kollegen am Bedford Theater, wo er im Moment für das Stück »Beerdigungs-Spiele« probte. Sie sagten, daß eine Frau, auf die die Beschreibung von Karen recht genau passen würde, ihn nach der Nachmittagsprobe besucht habe und die beiden dann zusammen fortgegangen seien.

Der Regisseur des Stückes wußte nicht, wo Caldwell im Moment wohl sein könnte. »Er verschwindet oft so an den Wochenenden, einfach so. Er ist gerne mit sich alleine.«

Inspektor Hughes meinte: »Eine ernste Angelegenheit. Wir müssen ihn sofort auftreiben, um festzustellen, ob er in jüngster Zeit einen Revolver gefeuert hat.«

Der Regisseur hob bedauernd die Schultern: »Wenn Sie da an den Paraffin-Test denken, vergessen Sie's. Derek feuerte heute in unserem Stück einen Revolver ab. Er spielt nämlich den Bösewicht.«

»Möchte wissen, ob er ihn nur spielt«, murmelte der Inspektor, dem nun keine weiteren Hinweise blieben als der angekokelte Brief, der wieder zusammengesetzt vor ihm lag.

Können Sie anhand der leserlichen Stellen folgende Fragen beantworten:

1. Wie lautet der Originalbrief?
2. Wer schrieb wem diesen Brief?
3. Könnte es sein, daß Derek Raoul hereinlegen wollte?
4. Könnte es sein, daß Raoul Derek hereinlegen wollte?
5. Wer tötete Karen Medwar?

*(Lösung auf Seite 133)*

# Raum 918

Kommissar Harman stand in Raum 918 des Standish-Hotels und sah mit verbitterter Miene auf den vor ihm auf dem Boden liegenden toten Körper eines Mannes. »Ich wußte ja, daß das passieren würde«, sagte er. »Vito hat es nachgerade selbst herausgefordert. Wir hatten ihm ja angeboten, ihn polizeilich überwachen zu lassen, aber nein, er mußte ja alles machen, wie es ihm paßte. Er mußte sich ja unbedingt private Wachmänner engagieren.«

Der Hausdetektiv nickte zustimmend. »Nun, ich nehme an, daß er als ehemaliger Mafioso der Polizei nie so recht großes Vertrauen entgegenbringen konnte.«

Der tote Mann auf dem Boden war der Kronzeuge in einer Gerichtsverhandlung gegen ehemalige Mafia-Kollegen. Gewesen. Nun war es ungewiß, ob das Gericht, ohne seinen wichtigsten Zeugen, überhaupt irgend jemandem irgend etwas würde nachweisen können. Vito war aus geringer Entfernung mit einer abgesägten Flinte erschossen worden. Die Waffe war nicht im Raum.

Das Zimmer hatte keine Fenster, und die Türe war verschlossen vorgefunden worden. »Wahrscheinlich hat der Mörder die Türe beim Hinausgehen abgeschlossen«, sagte der Kommissar zu seinen Leuten, »aber seht sie euch trotzdem noch einmal genau an, ob nicht irgendwo daran rumgefummelt wurde.«

Die Türe bestand aus feuerfestem Stahl, der mit einem Teakholzfurnier überzogen war. Wie bei fast allen Hoteltüren war das Schloß mit einem stabilen Riegel versehen. Zusätzlich zu diesem Riegel gab es noch einen zweiten Riegel, der nur von innen bedient werden konnte; er war, wie der Hotelmanager zu Protokoll gab, auf Vitos Wunsch eingebaut worden. Dieser Riegel war nicht vor die Türe geschoben gewesen, als der Hausdetektiv und ein Polizist das Zimmer aufschlossen und Vito tot auf dem Boden fanden.

Auf der Außenseite der Türe gab es wenig zu registrieren: Die Türnummer war auf eine kleine Messingplatte graviert, die mit zwei Messingschrauben an der Türe befestigt war. Kurz unter der Türnummer war ein Guckloch. Weder innen noch außen konnte man an der Türe Spuren irgendeiner Manipulation finden.

»Ich kann mir nicht erklären, warum er einen Mörder in sein Zimmer gelassen hat«, sagte der Kommissar verwundert, »durch das Guckloch konnte er doch jeden Besucher vorher sehen und die Türe so verriegeln, daß niemand von außen die Türe aufschließen konnte. Was ist da wohl wieder schief gelaufen?«

Der Assistent des Kommissars wartete, bis der Hoteldetektiv den Raum verlassen hatte, und meinte dann: »Da gibt es noch ein paar andere Dinge, die mich verwirren. Die zwei Wachmänner schwören in vollem Ernst, daß sie die Türe die ganze Nacht über bewacht haben, und niemand ein oder aus gegangen ist.«

Die beiden Wachmänner hatten beide schon seit vielen Jahren für die Brinkerton Agentur gearbeitet und sich noch nie eines Vergehens oder einer Unachtsamkeit schuldig gemacht. Der eine, Bissell, wurde bei sich zu Hause verhört.

»Ich kam um 19.00 Uhr zur Arbeit und nahm meine Position vor Zimmer 918 ein. Aber dann gab es eine kleine Verwirrung: Der Manager des Hotels, Mr. Alden, kam zu mir und sagte mir, daß es besser wäre, wenn ich keine Uniform trüge, um die Hotelgäste nicht zu beunruhigen. Er sagte, daß ich nach Hause gehen könne, um mich umzuziehen, und der Hoteldetektiv meinen Posten für diese Zeit übernehmen werde.

Ich sprach mit Mr. Vito und erhielt auch seine Erlaubnis, nach Hause zu gehen, um mich umzuziehen. Als ich um etwa 20.00 Uhr zurückkam, traf ich Mr. Alden in der Halle. Er fuhr mit mir im Bediensteten-Aufzug nach oben; um 20.03 Uhr stand ich wieder vor der Türe. Niemand war da, als ich kam, denn der Hoteldetektiv war wegen eines Taschendiebes irgendwohin gerufen worden.

Von 20.03 Uhr bis 23.00 Uhr behielt ich die Türe im Auge – ich kann beschwören, daß während dieser Zeit niemand das Zimmer betrat oder verließ. Es war überhaupt wenig los auf dem Gang. Ein Mann kam aus dem Nebenzimmer, dem an der Ecke, und fragte mich nach der Uhrzeit. Das war um 21.00 Uhr. Er ging dann vermutlich zum Aufzug. Er kam mir etwas seltsam vor, denn er trug einen Geigenkasten unterm Arm. Aber er kam meiner Türe nie nahe.

So gegen 23.05 Uhr begann ich, mich zu wundern, wo denn meine Ablösung blieb. Wir waren angewiesen, 4-Stunden-Schichten zu absolvieren, um nicht zu ermüden. Ich klopfte an Mr. Vitos

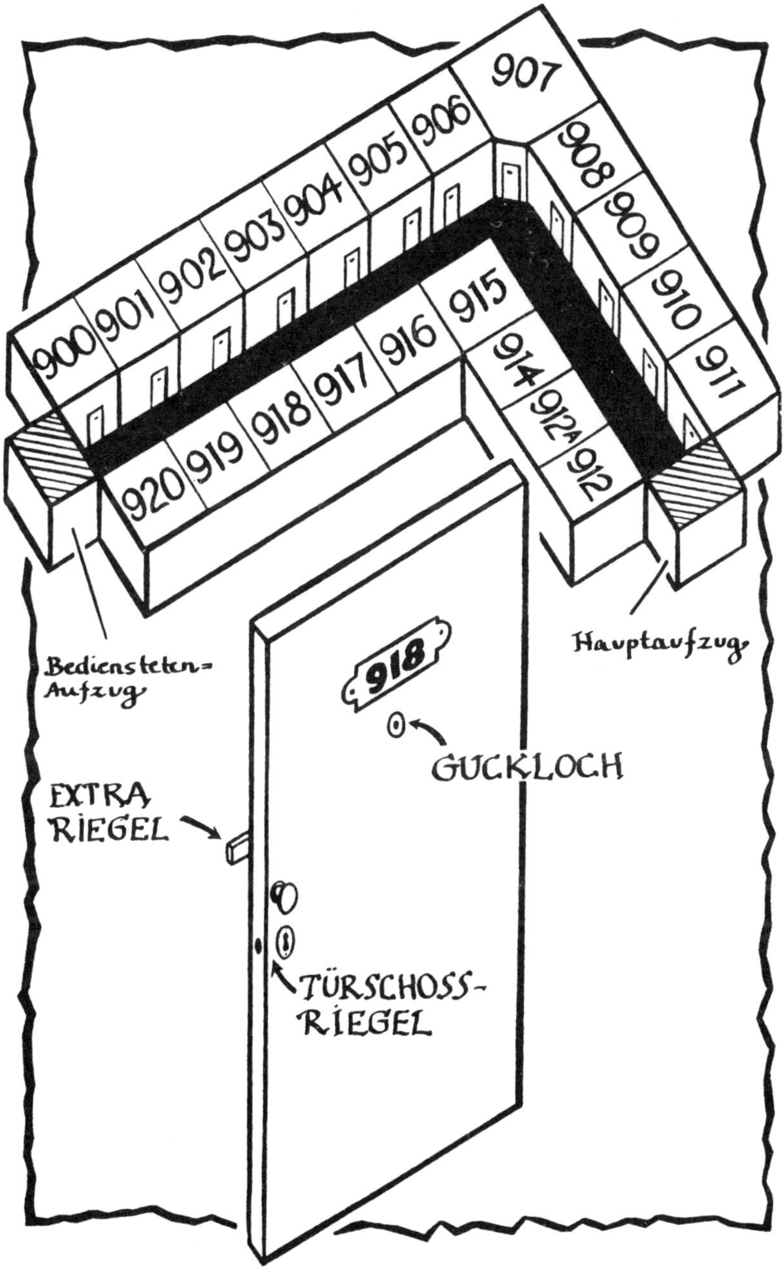

900
901
902
903
904
905
906
907
908
909
910
911
912
912A
914
915
916
917
918
919
920
Bediensteten-Aufzug
Hauptaufzug
918
GUCKLOCH
EXTRA RIEGEL
TÜRSCHOSS-RIEGEL

Türe, um ihn zu fragen, ob ich sein Telephon benutzen könnte, aber es kam keine Antwort. Da entschloß ich mich, schnell hinunter zu laufen und von der Halle aus zu telephonieren.

Als ich unten ankam, sagte man mir am Empfang, daß meine Ablösung bereits eingetroffen und nach oben gegangen sei. Okay, vielleicht war es ein wenig unvorsichtig, die Türe für einige Minuten unbewacht zu lassen. Aber ich dachte, da Mr. Vito auf mein Klopfen nicht geantwortet hatte, daß es nicht so gefährlich wäre. Als ich hörte, daß Carson, meine Ablösung, bereits nach oben gegangen war, ging ich einfach nach Hause.«

Als man Bissell fragte, ob er einen Schuß oder sonst irgendwas Verdächtiges gehört habe, verneinte er das.

Carson sagte aus: »Die Agentur rief mich um etwa 21 Uhr an und sagte, daß es sich um einen Zivilkleider-Job handele. Ich betrat das Hotel wenige Minuten vor 23.00 Uhr und ging gleich nach oben. Um 22.59 Uhr war ich auf meinem Posten vor der Türe von Zimmer 918. Der Mann, den ich ablösen sollte, war nirgendwo zu sehen, und so dachte ich mir, daß er wohl schon früher gegangen sei, was völlig gegen alle Vorschriften ist. Ich klopfte an die Türe, und, da ich keine Antwort erhielt, dachte ich: Vielleicht schläft Mr. Vito schon, vielleicht ist er aber auch in Schwierigkeiten. Ich klopfte an eine andere Türe und bat die Zimmerbewohner, von ihrem Telephon aus den Hausdetektiv anzurufen. Er und ich öffneten dann die Türe und fanden den toten Mr. Vito.

Es sah so aus, als wäre er schon ein ganzes Weilchen tot, aber ich bin kein Experte in solchen Angelegenheiten. Dann riefen wir die Polizei. Mehr kann ich nicht berichten.«

Der Polizeiarzt stellte fest, daß Vito in der Zeit zwischen 21.00 Uhr und 22.00 Uhr erschossen worden war.

Der Hotelmanager Alden bestätigte, daß er Bissell nach Hause geschickt hatte, um sich umzuziehen. »Aber während dieser Zeit behielt unser Hausdetektiv die Türe von Zimmer 918 im Auge.«

Der Kommissar berichtigte: »Aber als Bissell zurückkam, war der Detektiv nicht auf dem Flur.«

»Das stimmt. Wir mußten ihn wegen eines Taschendiebs in die Halle rufen. Das war kurz vor 21.00 Uhr. Bissell erschien jedoch schon wenige Minuten später. Ich fuhr dann mit ihm im Bediensteten-Aufzug nach oben, da ich nicht wollte, daß meine Gäste einen Wachmann in meinem Hotel zu sehen bekommen – das macht einen irgendwie unsicheren Eindruck. Als ich ihn um 20.03 Uhr verließ, stand er vor Tür 918.«

Henshell, der Hausdetektiv, bestätigte den Taschendiebvorfall in der Halle. »Na, so ein kleiner Fisch, so ein Amateur. Wir erschreckten ihn zu Tode und ließen ihn dann laufen. Den Rest des Abends blieb ich in der Halle. Im allgemeinen ist das Mr. Aldens Aufgabe, aber an diesem Abend hatte er eine Menge anderer Sachen zu tun. Das Küchenpersonal drohte wegen Überstundenproblemen zu streiken und im 8. Stock wurden ein paar Räume neu gestrichen, das mußte er ja auch überwachen. Da hab ich eben in der Halle aufgepaßt.

Etwa fünf Minuten vor 23.00 Uhr tauchte Carson auf und ging nach oben. Zehn Minuten später kam Bissell herunter, fragte nach Carsons Verbleib, und ich sagte ihm, daß er schon nach oben gegangen sei. Mir ist völlig unklar, warum die zwei sich nicht im neunten Stock getroffen haben. Na ja, und dann rief Carson an und bat mich nach oben, wo wir den Toten fanden.«

Der Kommissar zeichnete einen Lageplan der Zimmer im neunten Stock und numerierte die Zimmer genauso, wie sie auf den anderen Fluren numeriert sind. Seine Männer befragten alle Gäste dieses Stockwerks, doch die meisten waren zwischen 21.00 Uhr und 22.00 Uhr nicht auf ihren Zimmern gewesen. Nur das Paar in Zimmer 916 sagte, daß es gegen 21.15 Uhr so etwas wie einen Schuß gehört habe. Der Mann hatte dann aus dem Zimmer auf den Flur geschaut: »Ich sah einen Hoteldiener aus einem der Räume kommen – ich nehme an, 918 oder 919 – und zum Bediensteten-Aufzug gehen. Er hatte einen Anzug auf einem Kleiderbügel dabei. Sein Gesicht konnte ich nicht sehen. Alles sah völlig normal aus; daher nahm ich an, daß der Schuß aus einem Fernsehapparat gekommen war. Sonst war da niemand.«

Harmans Assistent wollte nun Bissell verhaften: »Seine ganze Geschichte klingt so unglaubwürdig. Die Nachbarn hören einen Schuß, aber er nicht. Als der Schuß fällt, ist er nicht da, aber er behauptet, dagewesen zu sein. Und dann all die Ungereimtheiten – von wegen Carson suchen und den Raum unbeaufsichtigt lassen.«

»Offensichtlich lügt hier irgendeiner«, sagte der Kommissar, »entweder Carson, Bissell, Alden oder Henshell. Einer von ihnen lügt, weil er dem Mafia-Killer geholfen hat, in den Raum hinein zu kommen und Vito zu töten.«

1. Ist es wahrscheinlich, daß der ›Hoteldiener‹ der Mafia-Killer war?
2. Lügt Bissell, wenn er sagt, daß er keinen Schuß gehört habe?
3. Lügt Bissell, wenn er sagt, daß er bis 23.05 Uhr auf Carson gewartet habe? Oder lügt Carson, wenn er sagt, daß er um 22.59 Uhr erschienen sei und Bissell nicht vorgefunden habe? Oder sagen beide die Wahrheit?
4. Aus welchem Raum kam der Geiger?
5. Wenn Bissell zur Zeit des Schusses nicht vor Tür 918 stand, wo könnte er sonst gestanden haben?
6. Wer war der Helfershelfer der Mafia?

*(Lösung auf Seite 135)*

# *Man nehme . . .*

Die Ehrwürdige Bruderschaft der Goodfellows geht – so heißt es wenigstens – zurück auf Robin Goodfellow, besser bekannt als Robin Hood. Natürlich ist Kansas City nicht eben genau der Wald von Sherwood. Auch könnten Außenstehende gewisse Schwierigkeiten haben, irgendeine Ähnlichkeit festzustellen zwischen der legendären Bande waffenklirrender Räuber und diesem Haufen von Geschäftsleuten mittleren Alters mit albernen Hütchen auf dem Kopf wie heute abend.

Es ist die Nacht der Nächte, die jährliche Generalversammlung – was gewöhnlich ein Bankett bedeutet, Trinksprüche, Ehrenpreise, die blöden Hütchen und andere harmlose Vergnügungen, und üblicherweise damit endet, daß eine Menge fideler Goodfellows schlapp macht und im Taxi nach Hause gefahren werden muß.

An diesem Abend allerdings hält einer der Goodfellows nicht einmal das ganze Bankett durch. Ernest Boggs, ein kleiner Drogist, bricht zusammen, fällt mit dem Gesicht in die unberührte Eiskrem und stößt dabei auch noch seine ebenfalls unberührte Kaffeetasse um. Und dies ist erst einmal völlig unverständlich, denn, wie jeder weiß, ist Ernie Abstinenzler. Die Sache wird erst begreiflich, als ein Arzt unter den Goodfellows Ernie untersucht und für tot erklärt, »wahrscheinlich vergiftet«. Auf der Stelle fühlen sich eine Menge Goodfellows hundeelend. Doch das vergeht, und es wird klar, daß außer Ernie niemand sterben wird. Bleibt die Frage: Welcher Goodfellow hat's getan? Und wie?

Zum Glück gibt es eigentlich nur einen Verdächtigen, Ernies Compagnon Bud Kleinhorse. Bud und Ernie haßten sich seit Jahren, doch ihre erfolgreiche Partnerschaft verband sie. Keiner wollte seinen Anteil verkaufen. Bud ist ebenfalls Drogist und in seiner Freizeit damit beschäftigt, neue tödliche Insektenkiller zu erfinden. Außerdem hatte man Bud beobachtet, wie er sich zuvor am Büfett herumgetrieben hatte.

»Alles nur Unterstellungen«, weist Bud alles von sich. »Beweisen könnt ihr gar nichts. Ernie hat ziemlich dasselbe gegessen wie wir alle. Warum hat dann der Rest überlebt?«

»Es muß irgendwas gewesen sein, was nur Ernie gegessen hat«, meint der Goodfellow-Präsident, der den Fall bis zum Eintreffen der Polizei untersucht. »Ich habe hier die Speisekarte und der Küchenchef hat mal aufgeschrieben, wie viele Portionen jeweils serviert worden sind. Wir müssen jetzt bloß noch feststellen, was nur ein einziger gegessen hat und dann ... Hmm.«

»Hmm. Sieht nicht so aus, als ob Ernie von irgendwas als einziger gegessen hat«, fährt der Präsident einen Moment später fort. »Was jetzt bloß?«

Ein anderer Goodfellow, Chemiker von Beruf, meldet sich zu Wort: »Versucht es doch mal mit Kombinationen. Es muß eine Reihe von verschiedenen Mitteln geben. Jedes davon, für sich genommen harmlos, kommt in eine andere Speise. Wenn sie zusammenkommen, wirken sie tödlich.«

»Eins in jede Speise?«

»Genau. Nur Ernie hat eine bestimmte Speisenfolge gegessen, und nur Ernie ist gestorben.«

Der Präsident nickt zustimmend. »Das Problem ist nur, daß keiner weiß, was genau Ernie gegessen hat. Zu dieser späten Stunde wissen einige nicht mal mehr, was sie selbst gegessen haben oder was heute für ein Wochentag ist. Wir haben 154 Leute hier, wie kriegen wir heraus, wer was gegessen hat?«

»Wir bauen einen großen Tisch auf, wo alle möglichen Kombinationen zu sehen sind«, sagt der Chemiker. »Und dann wollen wir mal sehen, was wir von den Kellnern noch dazu erfahren können, und das beste hoffen.«

Sie finden heraus, daß niemand zwei Sorten Kartoffeln nahm, daß niemand, der Pâté hatte, mit Leber und Zwiebeln weitermachte (wäre ja auch doppelt gemoppelt), daß zehn Leute Krabbencocktail und Forelle hatten, daß siebzehn zwei Sorten grüne »legumes« ohne Kartoffeln bestellten, daß fünf Leute auf »legumes« ganz verzichteten und statt dessen einen Salat extra bestellten (sonst wich keiner vom Menu ab), daß alle, die Pommes frites nahmen, dazu noch ein anderes Gemüse wählten, und zwölf Personen unverständlicherweise Kartoffelpüree ohne jedes andere Gemüse aßen.

(Bis jetzt sieht die Tabelle der Kombinationen so aus wie auf Seite 96 abgebildet.)

The Urban Motor Hotel
M-E-N-U
B.D.G.-Bankett
Hors d'Oeuvres
18 Pâté de la maison
40 Krabbencocktail
96 Minestrone
Entrées
41 Hirschrücken Hubertus
30 Hühnchen Kiew
31 Forelle mit Mandeln
52 Leber mit Zwiebeln
Legumes
7 Pommes frites
96 Kartoffelpüree
67 Blattspinat
87 junge Erbsen
154 Café
154 Eisbecher

Abkürzungen:

HI: Hirsch
HU: Huhn
FO: Forelle
LZ: Leber mit Zwiebeln

PF: Pommes frites
KP: Kartoffelpüree
SP: Spinat
ER: Erbsen

| | Pâté | | | | Krabben | | | | Suppe | | | | |
|---|---|---|---|---|---|---|---|---|---|---|---|---|---|
| | HI | HU | FO | LZ | HI | HU | FO | LZ | HI | HU | FO | LZ | Insges.: |
| 1 nichts | ? | ? | ? | 0 | ? | ? | ? | ? | ? | ? | ? | ? | 5 |
| 2 PF | 0 | 0 | 0 | 0 | 0 | 0 | 0 | 0 | 0 | 0 | 0 | 0 | 0 |
| 3 KP | ? | ? | ? | 0 | ? | ? | ? | ? | ? | ? | ? | ? | 12 |
| 4 SP | | | | 0 | | | | | | | | | |
| 5 ER | | | | 0 | | | | | | | | | |
| 6 PF/KP | 0 | 0 | 0 | 0 | 0 | 0 | 0 | 0 | 0 | 0 | 0 | 0 | 0 |
| 7 PF/SP | | | | 0 | | | | | | | | | |
| 8 PF/ER | | | | 0 | | | | | | | | | |
| 9 KP/SP | | | | 0 | | | | | | | | | |
| 10 KP/ER | | | | 0 | | | | | | | | | |
| 11 SP/ER | ? | ? | ? | 0 | ? | ? | ? | ? | ? | ? | ? | ? | 17 |
| 12 PF/KP/SP | 0 | 0 | 0 | 0 | 0 | 0 | 0 | 0 | 0 | 0 | 0 | 0 | 0 |
| 13 PF/KP/ER | 0 | 0 | 0 | 0 | 0 | 0 | 0 | 0 | 0 | 0 | 0 | 0 | 0 |
| 14 PF/SP/ER | 0 | 0 | 0 | 0 | 0 | 0 | 0 | 0 | 0 | 0 | 0 | 0 | 0 |
| 15 KP/SP/ER | 0 | 0 | 0 | 0 | 0 | 0 | 0 | 0 | 0 | 0 | 0 | 0 | 0 |
| 16 alle vier | 0 | 0 | 0 | 0 | 0 | 0 | 0 | 0 | 0 | 0 | 0 | 0 | 0 |
| Insgesamt: | | | | 0 | | | | 10 | | | | | 154 |

»Ach, das ist ja einfach«, sagt der Präsident. »Es kommt jetzt nur noch darauf an, die Tabelle richtig auszufüllen. Daß zum Beispiel niemand zwei Sorten Kartoffeln aß, bedeutet, daß wir in den Reihen 6, 12, 13 und 16 überall eine 0 eintragen können. Was kriegen wir sonst noch heraus?«

Sie stellten fest, daß:

Wer Erbsen ohne Kartoffeln und ohne Spinat bestellt hatte, aß auch Forelle. Nur wer Suppe aß, nahm auch Spinat. Niemand aß Pommes frites mit Erbsen. Neun Personen nahmen Pâté und anschließend Hühnchen, sechs davon mit Erbsen.

Die Zahl der Leute, die erst Suppe und dann Leber mit Zwiebeln aßen, betrug 47. Jeweils gleichviele davon nahmen dazu Kartoffelpüree allein, Spinat allein, Pommes frites mit Spinat, Püree mit Spinat, Püree mit Erbsen oder Spinat mit Erbsen. Eine kleinere Anzahl nahm Salat.

Alle achtzehn, die erst Krabben und dann Hirsch bestellten, nahmen zweierlei Gemüse. Von den siebzehn, die Erbsen und Spinat aßen, hatten drei oder mehr jede Sorte von Hauptgericht gewählt.

Drei Personen aßen Krabben, dann Forelle und dazu nur Erbsen. Zwei hatten zuerst Pâté, dann Hirsch und nur Püree. Sechs von denen, die Forelle aßen, bekamen vorher Pâté. Die Hälfte davon nahm Kartoffelpüree (mit oder ohne Begleitgemüse). Zehn Gäste hatten nur Erbsen ohne anderes Gemüse. Zwanzig nahmen erst die Suppe und dann Hirsch, von denen sechzehn auch Spinat und sieben kein Püree mochten. Vierundzwanzig Gäste hatten Spinat mit Püree, drei davon Forelle. Zwei Drittel derjenigen, die Huhn bestellt hatten, begannen mit Suppe, ein Drittel mit dem Krabbencocktail. So wenig Leute wie möglich wählten die Kombination Suppe, Huhn, Spinat und Erbsen.

Niemand aß Suppe, Huhn, Püree und Erbsen. Drei nahmen Forelle nur mit Spinat.

1. Können Sie die Liste des Präsidenten vervollständigen?
2. Geht aus der vollständigen Liste hervor, was Ernest aß?

*(Lösung auf Seite 137)*

# Mysteriöses im Motel

Als es Maurice »Mad Dog« Morton gelang, am 3. April aus dem Polizeigewahrsam zu entfliehen, gab die Polizei sofort eine öffentliche Warnung heraus. Morton war ein gewalttätiger, ja sogar sadistischer Mörder, der bei dem Überfall auf die kleine Farmdale Bank, bei dem $ 800 000 erbeutet wurden, eine blutige Spur hinterlassen hatte. Er und zwei Komplizen hatten die Bankangestellten gefesselt, dann den Kassierer mit dem Pistolenknauf niedergeschlagen und den Hauptkassierer erschossen, da er ihn verdächtigte, nicht alles Geld herausgerückt zu haben. Bei der nachfolgenden Schießerei mit der Polizei wurden Mortons beide Komplizen und ein Wachmann getötet.

Man konnte Morton festnehmen, aber das Geld hatte er nicht mehr bei sich. Einige Tage später, als man ihn vom Gefängnis zum Gerichtshof brachte, konnte er entkommen. Über Radio und Fernsehen wurde die Öffentlichkeit immer wieder davor gewarnt, Morton in die Quere zu kommen.

Am Abend des 2. April mietete sich ein junger Mann unter dem Namen »John Smith« im Everest Motel, das in der Nähe von Farmdale liegt, ein Zimmer. Smith trug einen Hut, einen Trenchcoat mit hochgeschlagenem Kragen und einen Bart. Der Hotelportier konnte deshalb später bei der Befragung nicht viel und nichts Genaues über das Aussehen des Mannes sagen – außer, daß er recht schmächtig gewesen sei. Er fuhr einen Mietwagen und zahlte für zwei Übernachtungen im voraus – mit einem großen Geldschein.

Am nächsten Tag geschah nichts Besonderes. Smith ging nachmittags aus dem Motel und kam später zurück. Nach Einbruch der Dunkelheit erhielt er offensichtlich Besuch, denn der Hotelportier hörte so etwas wie Kampfgeräusche. Das Everest war die Art von Motel, in dem Geräusche dieser Art nichts völlig Ungewöhnliches waren. Als die Geräusche aufhörten, ging der Portier wieder in sein Büro.

123.010
194,950
63,000
395.112
676,072
12-03
GATE 6
PASSPORT
RIO!
VSC
AIRLINES
Ticket No.
124577 E
FARMDALE
BANK

Am Morgen des 4. April stellte der Portier fest, daß der Leihwagen verschwunden war. Er ging in Smiths Zimmer, und da er dort allerhand Verdächtiges sah, alarmierte er die Polizei. Er sagte, daß er nichts im Zimmer angerührt habe.

1. Was könnte dem Portier verdächtig vorgekommen sein?
2. War »John Smith« wirklich Mad Dog Morton? Wenn nicht, wer war er dann?
3. Wo sollte die Polizei nach dem Flüchtigen suchen?
4. Wo sollte sie Smith suchen?
5. Finden Sie mit Hilfe der Hinweise im Motelzimmer heraus, was geschehen ist.

*(Lösung auf Seite 139)*

# Glückliche Familien

Das Bild zeigt eine Photographie, die nur wenige Minuten vor der Entführung der kleinen Emily Nasesmith aufgenommen wurde. Die kleine Emily, einzige Tochter von Sir Reggie und Lady Lucinda Nasesmith, steht auf dem Photo in dem Ruderboot und ist mit dem Buchstaben E gekennzeichnet. Sir Reggie trägt gerade die Ruder herbei (O).

Ein wohlhabender Industrieller wie Sir Reggie geht natürlich ohne seinen Leibwächter nirgendwo hin. Nun, in diesem Fall schoß der Leibwächter dieses Photo. Dann ging er einen neuen Film holen und verpaßte so die ganze Entführung.

Keiner weiß, wie es eigentlich geschah. Zuerst waren sieben Paare am Strand, fünf von ihnen mit Kindern und eines ohne – und in der nächsten Minute waren es sechs Paare und fünf Kinder. Obwohl noch andere Leute kamen und später gingen, war es klar, daß das kinderlose Paar auf diesem Photo die Entführer der kleinen Emily sein mußten. Der Leibwächter konnte anhand seines Photos ausfindig machen, wie die beiden aussahen, und übergab den photographischen Beweis der Polizei.

Er fand die zwei Kidnapper heraus, indem er alle zusammengehörigen Ehemänner, Mütter und Kinder einander zuordnete – ob sie nun beieinander waren oder nicht.

*Skizze des Photos siehe nächste Seite* ▸

E
J
S
PHOTOS
O
A
D
K
I
M
L
C
F
R
BEACH SHOP
H
B
T
Q
G
N
P

Welcher Mann und welche Frau entführten die kleine Emily?

*(Lösung auf Seite 140)*

# Lösungen

# Tod eines Arabers

1. Der Geologe Andrew Gage und der Börsenmakler waren die einzigen, die Gelegenheit hatten, den Scheich zu töten. Gage war von etwa 17.00 bis 17.05 Uhr und Haricot von 17.05 bis 17.55 Uhr mit ihm alleine. Habib war immer mit Haricot zusammen, hatte also überhaupt keine Gelegenheit, den Scheich umzubringen. Daoud und Fatima hätten, wie der Plan zeigt, an dem Liftwächter vorbeigehen müssen, um zu Scheich Abdul zu gelangen. Daoud kam überhaupt nicht an ihm vorbei und Fatima erst um 18.15 Uhr. Zu dieser Zeit war ihr Mann schon tot.

2. Nein, er wurde in seinem Büro ermordet. Sein Körper wurde auf den Gebetsteppich gelegt und in den Gebetsraum gezogen. Hier sollte es so wirken, als sei er während des Gebetes erstochen worden. Wie auf dem Plan zu sehen ist, war das möglich, ohne daß der Liftwächter es bemerkte. Es gibt keinen Grund zu der Annahme, daß der Scheich sich zu einer Zeit, in der er sonst nicht zu beten pflegte, in seinem Gebetsraum aufhalten sollte – erst recht dann nicht, wenn er drei wichtige Geschäftsverabredungen hatte.

3. Die Lage des Toten weist auf den Mörder hin: Gordon Haricot. Gläubige Moslems beten mit dem Gesicht in Richtung Mecca, der Körper des Scheichs aber liegt nach Norden. Kein Moslem wie Daoud, Fatima oder Habib würde einen solchen Fehler machen. Auch Gage, der lange im Nahen Osten gelebt hat und arabische Sitten und Gepflogenheiten kennt, würde ein solcher Fehler nicht unterlaufen. Nur Haricot ist dieses Unwissen über arabische Verhaltensweisen zuzutrauen.

Hinzu kommt noch, daß Haricot sagte, er habe den Scheich durch die andere Türe hinausgehen hören. Er tat das, um zu erklären, warum der Scheich im Gebetsraum gefunden wurde. Doch damit schloß er unbeabsichtigt Andrew Gage als Verdächtigen aus, der ja bereits die Suite verlassen hatte. So bleibt Haricot der einzig mögliche Mörder.

Als man Haricot mit diesen Überlegungen konfrontierte, gestand er das Verbrechen, bestand aber darauf, zu diesem Zeitpunkt nicht zurechnungsfähig gewesen zu sein. Er wußte, daß der Scheich ihn in Verdacht hatte, mit seinen Aktien einige undurchsichtige Manöver betrieben zu haben, und daß er plante, ihn zu entlassen. Einen so wichtigen Kunden zu verlieren, hätte für Haricot den Ruin bedeutet; also war er mit der Absicht gekommen, um eine neue Chance zu bitten.

Er ging in den Empfangsraum, klopfte an die Türe und ging sofort in das Büro des Scheichs. Doch bevor er seine Bitte vortragen konnte, sagte ihm Abdul, daß seine Karriere als Börsenmakler zu Ende sei.

»Ich wußte nicht mehr, was ich tat«, sagte Haricot, »ich sah, wie meine Hand den Brieföffner umklammerte und auf den Scheich einstach, als er über eine große Karte gebeugt saß. Ich wußte, daß ich die Leiche aus diesem Raum hinaus schaffen mußte, und erinnerte mich an den Gebetsraum. Ich ging dorthin, holte den Gebetsteppich, legte den leblosen Körper darauf und zerrte ihn so hinüber. Dort würde er für lange Zeit, ein paar Stunden vielleicht, nicht gefunden werden – hoffte ich jedenfalls. Daher mußte ich später behaupten, daß ich ihn aus seinem Büro hätte gehen hören. Ja, und dann war da noch Blut auf der Karte, deshalb rollte ich sie zusammen und versteckte sie.«

Die große blutbefleckte Karte mit den Ölfeldern des Scheichs Abdul wurde ein vielbeachtetes Indizien-Stück in der Haricot-Gerichtsverhandlung. Und natürlich war sich die Jury darin einig, daß Haricot die grausige Tat im Vollbesitz seiner geistigen Kräfte begangen habe.

# Gemischte Karten

| *Name* | *Haare* | *Augen* | *Nasen* | *Ohren* |
|---|---|---|---|---|
| Smith | wellig | grün | Adlernase | Blumenkohlohren |
| Jones | lockig | blau | Stupsnase | spitze Ohren |
| Brown | glatt | braun | gebrochene Nase | angewachsene Ohrläppchen |
| Wilson | kraus | grau | Knollennase | abstehende Ohren |

Wir wissen, daß Brown braune Augen hat und seine Haare weder kraus noch lockig sind (Jones hat Locken). Also hat Brown entweder glattes oder welliges Haar. Welliges Haar aber gehört zu grünen Augen; also hat Brown braune Augen und glattes Haar. Das bedeutet, daß er auch mit der gebrochenen Nase und angewachsenen Ohrläppchen gesegnet ist.

Die Liste mit diesen Tatsachen sieht also so aus:

| *Name* | *Haare* | *Augen* | *Nasen* | *Ohren* |
|---|---|---|---|---|
| Smith | – | – | – | – |
| Jones | lockig | – | – | – |
| Brown | glatt | braun | gebrochene Nase | angewachsene Ohrläppchen |
| Wilson | – | – | – | abstehende Ohren |

Abstehende Ohren gehören entweder zu lockigem oder krausem Haar (aber nicht zu welligem Haar) und insgesamt zu Wilson.

Da aber Jones die lockigen Haare hat, muß Wilsons Haar kraus sein. Also bleibt für Smith das wellige Haar, der dann also auch grüne Augen haben muß. Die Liste sieht nun so aus:

| *Name* | *Haare* | *Augen* | *Nasen* | *Ohren* |
|---|---|---|---|---|
| Smith | wellig | grün | – | – |
| Jones | lockig | – | – | – |
| Brown | glatt | braun | gebrochene Nase | angewachsene Ohrläppchen |
| Wilson | kraus | – | – | abstehende Ohren |

Da Stupsnase und Kraushaar nicht zusammengehören, kann Wilson keine Stupsnase haben; entweder Smith oder Jones müssen also eine Stupsnase haben. Zur Stupsnase gehören jedoch blaue Augen, was Smith ausschließt. Also hat Jones eine Stupsnase und blaue Augen. Folglich muß Wilson graue Augen haben.

Die Adlernase gehört entweder zu Smith oder Wilson, ist aber mit den Blumenkohlohren kombiniert (Wilson hat abstehende Ohren). Also hat Smith die Adlernase und die Blumenkohlohren. Bleiben nur noch die Knollennase für Wilson und die spitzen Ohren für Jones. Die Bilder sind zwar nicht schön, aber perfekt. Und hier ist das Phantom-Portrait von Smith:

Als der Inspektor das Bild sah, erkannte er sofort Ted Sweeny, den bekannten Bankräuber; schon 24 Stunden später war die ganze Viererbande hinter Gittern.

# Eine Drei-Minuten-Geschichte

1. Folgende Veränderungen, die in der Zeit zwischen 9.00 Uhr und 9.03 Uhr in Browns Büro geschehen sein müssen, sind auf den Bildern auszumachen: Eine Topfpflanze steht auf dem Tisch neben der Türe; das Tablett mit den Diamanten liegt auf dem Boden und ist leer; der Briefbeschwerer befindet sich auf dem Boden; ein Teil von einem Farnblatt ist hinter Browns Schreibtisch auf dem Boden zu sehen.

   Außer diesen Veränderungen innerhalb des Büros hat sich auch ein anderer Blick aus dem Fenster ergeben, denn ein Fahrzeug ist verschwunden.
2. Ja. Die nicht besonders wertvollen Diamanten, die auf dem Tablett lagen, sind verschwunden.
3. Da sich Browns Besucher offensichtlich nicht hingesetzt hat, ist anzunehmen, daß der Mörder nicht sein alter Freund Georgiou war. Auch die Tatsache, daß es sich bei den gestohlenen Steinen um recht minderwertige Exemplare handelt, deutet darauf hin.

Der Lieferwagen, der im ersten Photo zu sehen ist, ist offensichtlich ein Blumenlieferwagen und das plötzliche Vorhandensein der Topfpflanze legt den Verdacht nahe, daß der Blumenlieferant der Mörder sein könnte. Daß der Briefbeschwerer als Mordwaffe benutzt wurde, deutet darauf hin, daß hier ein Gelegenheitsverbrechen vorliegen könnte, die Tat also nicht im voraus geplant wurde. Außerdem deutet der Farn hinter dem Schreibtisch darauf hin, daß der Blumenmann hinter den Tisch ging, möglicherweise, um den Safe zu öffnen oder in den Schreibtischschubladen nach Wertsachen zu suchen.

Die Möglichkeit, daß irgend jemand anders – zum Beispiel Frau Dalloway – Brown umbrachte, nachdem der unschuldige Blumenlieferant das Büro verlassen hatte, kann natürlich nicht völlig ausgeschlossen werden. Aber die kurze Zeit von drei Minuten, in der das Drama geschah, macht diesen Verdacht recht unwahrscheinlich. Und wie sollte man in diesem Falle den Farn hinter dem Schreibtisch erklären?

Die Polizei hielt sich an diese Überlegungen und machte den örtlichen Floristen, der Brown die Topfpflanze geliefert hatte, ausfindig. Nachdem sie dann auch die Diamanten in einem Topf Männertreu gefunden hatte, gestand der Blumenmann seine böse Tat.

# Barvis bittet zur Kasse

1. Da jede zweistellige Zahl für einen Buchstaben des Alphabets steht, und da Corder immer die 56-Pence-Gläser Kaffee kauft, ist anzunehmen, daß 56 für einen der häufigen Buchstaben des Alphabets steht: **e, t, a, o** oder **n.**
2. Ebenso muß der Preis des Brots im Supermarkt, 55, für einen ungewöhnlichen Buchstaben stehen, wie **v, k, q, x, j** oder **z.**
3. Offensichtlich benutzt die Chiffre nur Zahlen mit zwei Ziffern.
4. Nein. Im entschlüsselten Teil von Quittung 4 ist *w* entweder 25 oder 70, *n* 88 oder 83, *r* 29 oder 24. Das legt nahe, daß jeder Buchstabe durch eine zweistellige Zahl ausgedrückt wird, wobei es für jede Ziffer zwei Möglichkeiten gibt. Für die Buchstaben, die bis jetzt bekannt sind, läßt sich folgendes Schema aufstellen:

| *Buchstabe* | *Erste Ziffer* | *Zweite Ziffer* |
|---|---|---|
| a | 6 oder ? | 6 oder ? |
| b | 7 oder ? | 1 oder ? |
| d | 9 oder ? | 6 oder ? |
| e | 5 oder ? | 1 oder ? |
| h | 8 oder ? | 7 oder ? |
| i | 4 oder ? | 7 oder ? |
| n | 8 oder ? | 8 oder 3 |
| o | 9 oder ? | 3 oder 8 |
| r | 2 oder ? | 9 oder 4 |
| s | 8 oder ? | 4 oder ? |
| t | 4 oder ? | 9 oder ? |
| u | 0 oder ? | 9 oder ? |
| w | 2 oder 7 | 5 oder 0 |

Es fällt auf, daß alle bis jetzt bekannten Wahlmöglichkeiten zwischen zwei Ziffern die Differenz 5 bilden (8–3, 9–4, 2–7, 5–0). Das legt ein System mit einer doppelten Reihe der 10 Ziffern nahe, also

| | | | | | |
|---|---|---|---|---|---|
| *Erste Ziffer:* | 6 | 7 | 8 | 9 | 0 |
| | 1 | 2 | 3 | 4 | 5 |
| *Buchstabe:* | a | b | c | d | e |

Das stimmt mit dem überein, was bisher über *a, b, d* und *e* bekannt ist. Jetzt können wir das System weiter prüfen.

Die letzten sechs Zahlen auf allen vier Quittungszetteln sind gleich, möglicherweise eine Unterschrift:

| | | | | | |
|---|---|---|---|---|---|
| 36 | 98 | 29 | 41 | 56 | 29 |
| C | O | R | D | E | R |

Jetzt können wir das Schema auf die zweiten Ziffern erweitern:

| | | | *Erste Ziffer:* | | | | |
|---|---|---|---|---|---|---|---|
| | | | 6 | 7 | 8 | 9 | 0 |
| | | | 1 | 2 | 3 | 4 | 5 |
| *Zweite Ziffer:* | 6 | 1 | a | b | c | d | e |
| | 7 | 2 | f | g | h | i | k |
| | 8 | 3 | l | m | n | o | p |
| | 9 | 4 | q | r | s | t | u |
| | 0 | 5 | v | w | x | y | z |

Der seltene Buchstabe *j* entfällt (statt dessen kann ein *i* verwendet werden). Versucht man, die vier Quittungen zu dechiffrieren, stellt sich heraus, daß der Schlüssel paßt. Die Botschaften lauten:

Ab sofort doppeltes Honorar. Corder
Virus verursacht Immunkollaps. Corder
Schluss der Formel am Mittwoch. Corder
Warnt Boris und Sohn. Werde verfolgt. Wartet auf Anweisung. Corder

Diese Beweise reichten, um Septimus Corder festzunehmen.

# Wasser hat keine Balken

1. Die »Zola« legte die Strecke von 12 Seemeilen zwischen der alten Mühle und Fischer Fritzes Restaurant zwischen 16.05 Uhr und 17.25 Uhr zurück, also in einer Stunde und 20 Minuten. Ihre Geschwindigkeit betrug demnach 9 Knoten (9 Seemeilen pro Stunde). Da das Schiff aus eigener Kraft mit 5 Knoten fuhr, muß die darüber hinausgehende Geschwindigkeit von der Flußströmung stammen. Die Strömungsgeschwindigkeit des Flusses beträgt folglich 4 Knoten in der Stunde. Als die Schiffe aneinander vorbeifuhren, muß der Körper schon im Wasser gewesen sein, da sonst die »Zola« schneller als er gewesen wäre und ihn nie getroffen hätte. Die »Gorgon« fuhr mit 7–4 = 3 Knoten flußaufwärts. Der Körper wurde zu einer Zeit Z ins Wasser geworfen, und (16.05 Uhr – Z) ist das Zeitintervall von diesem Zeitpunkt bis zu dem Moment, in dem die Boote einander treffen. Während dieser Zeit legte die Gorgon eine Entfernung von

$$E_{\text{Gorgon}} = (3\ \text{Knoten}) \times (16\tfrac{5}{60} - Z\ \text{Uhr})$$

flußaufwärts zurück. Die Leiche trieb in dieser Zeit bis zu ihrer Entdeckung flußabwärts. Die Entfernung, die sie dabei zurücklegte, entsprach

$$E_{\text{Leiche}} = (4\ \text{Knoten}) \times (17\tfrac{25}{60} - Z\ \text{Uhr})$$

$$E_{\text{Gorgon}} + E_{\text{Leiche}} = 12\ \text{Meilen}$$

$$12 = 3 \times (16\tfrac{5}{60} - Z) + 4 \times (17\tfrac{25}{60} - Z)$$

$$12 = 48\tfrac{15}{60} - 3\ \text{Stunden} + 68\tfrac{100}{60} - 4\ \text{Stunden}$$

$$12 = 117\tfrac{55}{60} - 7\ \text{Stunden}$$

$$7\ \text{Stunden} = 105\tfrac{55}{60}$$

$$1\ \text{Stunde} = 15\tfrac{8}{60} = 15.08\ \text{Uhr}$$

Also wurde die Leiche um 15.08 Uhr ins Wasser geworfen.

2. Die Verdächtigen waren zu folgenden Zeiten an Deck:

| *Verdächtiger* | *Kam an Deck* | *Ging unter Deck* |
|---|---|---|
| Sam | 14.00 Uhr | 14.10 Uhr |
| Woody | 14.00 Uhr | 14.30 Uhr |
| Ruth | 15.30 Uhr | 15.32 Uhr |
| Jack | 14.30 Uhr | 14.45 Uhr |
| Vince | 14.50 Uhr | 15.15 Uhr |
| Susan | 16.05 Uhr | 16.25 Uhr |
| Ted | 16.05 Uhr | 17.05 Uhr |

3. Nur Vince war an Deck, als Bud Ouspensky ins Wasser geworfen wurde. Vince muß der Mörder sein.

# Der unbedachte Dieb

1. Ja.
2. Der Daumenabdruck kann von keinem harmlosen Museumsbesucher stammen, da der Hausmeister ja nach Schließung des Museums allabendlich die Glasvitrinen reinigt und poliert, und auch die Nachtwächter keinen Zugang zu dem Raum haben. Nur der Einbrecher kann also Urheber dieses Fingerabdruckes sein.
3. Brenda Newton. Als man ihr den eindeutigen Beweis vor Augen führte, gestand sie die Tat und wurde daraufhin zu einigen Monaten Gefängnis verurteilt. Allerdings kam nicht ans Tageslicht, daß sie bereits zuvor unter dem Namen Brenda Tinskin in verschiedenen Museen gearbeitet hatte, in denen ähnliche Raubzüge stattgefunden hatten. Aber dieses Mal hatte sie der Versuchung, ihre Handschuhe auszuziehen, um die goldene Maske des Königs zu berühren, nicht widerstehen können. Verhängnisvollerweise.

Jim Ridell war, wie man herausfand, an dem besagten Abend mit einem anderen Job ähnlicher Provenienz beschäftigt gewesen und landete so ebenfalls im Gefängnis. Gurdieff kehrte in den Nahen Osten zurück. Und Schulte, falls dies wirklich sein richtiger Name ist, wurde seitdem neunmal festgenommen, konnte aber nie verurteilt werden.

# Der Tote in der Bibliothek

Antwort: Millicent Manderfield, ziemlich beschwipst von ihrem Martini, tötete Jenkins vor 20.00 Uhr mit dem Krocket-Schläger. Die anderen waren auf Grund ihres ebenfalls nicht unbeträchtlichen Alkoholkonsums in der Bibliothek herumgestolpert, ohne den Toten wahrzunehmen.

Lösung: Der Martini wurde vor 20.00 Uhr getrunken (Hinweis 3) und der Gin (Hinweis 4), der zwischen 20.00 Uhr und 20.15 getrunken wurde, muß der Gin Tonic gewesen sein. Die Person, die das Glas in der Hand gehabt hatte, konnte weder den Schürhaken berührt haben, denn das war Roland Lamonte mit seiner Gin-Allergie, noch die Keule, denn die gehört zu Whisky und Soda (Hinweis 1), noch den Kricket-Schläger (Hinweis 3) oder den Krocket-Schläger (Hinweis 6). Also muß es der Golfschläger sein. Dieser wurde von Lady Harlesden nicht angefaßt, denn sie kam erst später (Hinweis 2), ebenfalls nicht von Roland (Hinweis 4), Millicent (Hinweis 5) oder Lord Harlesden (Hinweis 6). Also muß es sich hier um Manfred Stoke handeln. Die Person, die vor 20.00 Uhr in der Bibliothek war, ist weder Lord Harlesden (Hinweis 6), noch Lady Harlesden noch Roland (Hinweis 2); also muß es Millicent gewesen sein. Roland hatte weder Brandy (Hinweis 2) noch Whisky konsumiert; also muß er den Aprikosenlikör getrunken haben.

Da nun die Getränke von drei Personen klar sind und Lady Harlesden keinen Whisky Soda trank (Hinweis 1), muß ihr Getränk der Brandy gewesen sein. Roland hatte nicht zwischen 20.15 Uhr und 20.30 Uhr im Feuer herumgestochert, also hat er seinen Stochereifer erst nach 21.00 Uhr entdeckt. Der Whisky und Soda-Trinker, dessen Fingerabdrücke auf der Keule gefunden wurden, muß also zwischen 20.15 und 20.30 Uhr in der Bibliothek gewesen sein und Lord Harlesden heißen. Millicents Martini hat keine Verbindung zu dem Kricket-Schläger (Hinweis 3); also hat sie den Krocket-Schläger in der Hand gehabt und ist somit die Mörderin. Die endgültige Zuordnung sieht folglich so aus:

| *Name* | *Zeit* | *Getränk* | *Waffe* |
|---|---|---|---|
| Millicent Manderville | vor 20.00 Uhr | Martini | Krocketschläger |
| Manfred Stokes | 20.00–20.15 Uhr | Gin und Tonic | Golfschläger |
| Lord Harlesden | 20.15–20.30 Uhr | Whisky und Soda | Keule |
| Lady Harlesden | 20.30–21.00 Uhr | Brandy | Kricketschläger |
| Roland Lamont | nach 21.00 Uhr | Aprikosenlikör | Schürhaken |

# Schlag Eins

1. Nur Hans Kreutzer. Billy Jack Harper war 300 Meilen weit entfernt. Linda Lou war nur 37 Minuten nach dem Mord in Cleopatras Café, das von Vents Haus 57,5 Minuten entfernt liegt. Charlie Phelps bestieg seinen Zug in Fremont Station um 12.53 Uhr und war zur Zeit des Mordes noch unterwegs. Elder Doone fuhr mit seinem Motorrad auf der Mint Street, also (20 + 57,5 =) 77,5 Minuten von Vents Haus entfernt, und zwar 75 Minuten vor dem Verbrechen. Bleibt also nur noch Hans übrig.
2. Nein. Einhändige fahren im allgemeinen keine Motorräder.
3. Hans Kreutzer kam in die Stadt und bestieg einen Aiken Street-Bus in Richtung Pendelbusstation. Als der Bus vor Ventnor Biggins Haus hielt, schoß Hans aus dem Fenster und tötete Biggins. Der Bus brachte ihn dann zur Busstation, von wo er den Pendelbus um 13.18 Uhr nahm. Er verließ diesen Bus an der Fremont Station um 13.58 Uhr und bekam innerhalb einer Minute einen Bus, der zur Vine Street fuhr. Dort kam er um 13.53 oder 13.54 Uhr an und ging schnell zu Cleopatras Café, das er um 13.59 Uhr betrat.

Offensichtlich war Hans der einzige Fahrgast des Aiken Street-Busses, als er schoß; wir wissen durch Aussage 13, daß der Fahrer dieses Busses offensichtlich auch taub war – er hörte weder die Kirchturmuhr schlagen noch den Schuß. Er war tatsächlich bei der Explosion, die Elder Doones Haus zerstörte, taub geworden.

Offensichtlich hatte Hans bei seiner Tat eine ziemlich große Portion Glück gehabt (diese Tatsache wurde vor Gericht als Beweis angeführt, daß er die Tat nicht im voraus geplant haben konnte). Er hätte sich niemals auf einen tauben Busfahrer und gute Busverbindungen verlassen können, Nun, wie unwahrscheinlich dies auch alles klingen mag: Hans ist der einzig mögliche Missetäter.

# Ein Graf auf wilden Wogen

1. Die Nachricht ist laienhaft getippt. Sie stammt sicherlich nicht von einer gelernten Stenotypistin.
2. Anscheinend hat Lord Tottenham die Nachricht für Will Bailey geschrieben, seinen Freund bei der Polizei. Die Sache sieht nach dem Zwei-Finger-System eines Amateurs aus. Sie bezieht sich wohl auf seinen Anruf und die Suche nach Schmuggelgut. Scheinbar heißt der Text »Im Wafpen-Wogen-Hand«, aber dieser Unsinn kann nicht das sein, was der Lord sagen wollte.
3. Nach dem Anruf ging Lord Tottenham hinunter zum Strand, um dort an den Klippen seine Suche zu beginnen. Würde er etwas finden, so wollte er es verstecken und sofort den Detektiv anrufen, hatte er versprochen. Allerdings waren die Telephonkabel zerschnitten. Also begann Lord Tottenham, eine Nachricht auf der Schreibmaschine zu tippen, bis irgend jemand sich gewaltsam Eintritt ins Haus verschaffte und ihn überwältigte. Er wurde getötet oder bewußtlos geschlagen, zur Klippe geschleift und hinuntergeworfen.
4. Der Schlüssel zur Lösung liegt im Handschuhfach von Lord Tottenhams Wagen, dem Silver Ghost. Die Nachricht erscheint zuerst allerdings rätselhaft, weil der Lord drei Tippfehler machte, einen verrutschten Anfangsbuchstaben und zwei falsche Anschläge: ein »f« statt eines »p«, es muß also »Wappen« (nicht etwa »Waffen«) und statt »Wogen« »Wagen« heißen. Richtig sollte die Nachricht beginnen »Im Wappen-Wagen-Handschuhfach...« Doch als der Mörder hereinkam, blieb Lord Tottenham keine Zeit mehr – weder, um die Tippfehler zu korrigieren, noch um das angefangene Wort zu vollenden. Um auf seinen Fehler aufmerksam zu machen, konnte er gerade noch das Wappen auf dem Briefpapier einkringeln. Er wollte auf seinen Silver Ghost hinweisen, den einzigen Wagen in der Garage, der an den Türen das berühmte Wappen trug.
5. Bei Jemimas zwielichtigen neuen Freunden. Vielleicht stecken einige davon im illegalen Drogengeschäft.

# Chiffre 66

1. Ja; wer würde denn alle diese Leute einstellen wollen? Eine Agentur für Arbeitsvermittlungen, angewiesen auf schnelle Erfolge und auf Eigenwerbung, würde sich nicht hinter einer Chiffrenummer verstecken.
2. MI 5 muß am Mittwoch, 12 Uhr, Agenten in der Halle der Bücherei in Kensington postieren, die dort nämlich beobachten können, wie Peebles seine Informationen an seinen Kontaktmann weitergibt.

Der Code ist einfach: das vierte Wort jeder Anzeige.

FAHRER. Muß besonders *vorsichtig*
EXISTENZ. Wer will *sein*
VERTRETER, begabt für *Kontakt*
TIERPFLEGERIN, ausgeglichen und *in*
usw.

Die komplette Nachricht lautet: Vorsichtig sein. Kontakt in bisherig. Haus gefährlich. Treffen Mittwoch, 12, Bücherei Kensington, Halle.

# Der alte Berringer und sein Boot

1. Ja, es sieht ganz so aus.
2. Nein, nach seiner Rückkehr.
3. Jemand versteckte sich hinter den Büschen (C), während Berringer sein Boot an Land zog. Das Boot hinterließ Spuren im Sand (A), die darauf hinweisen, daß zu diesem Zeitpunkt noch immer Ebbe war. Also war er nicht sehr lange auf dem Wasser gewesen. Als sein Boot in der Bucht auf dem Sand lag, machte er sich auf den Weg zum Haus. Sein Mörder verfolgte ihn bis zu Punkt (B), wo ein Kampf stattfand. Irgend jemand wurde niedergeschlagen, dann parallel von Punkt (B) nach (D) über den Sand geschleift und dort ins Wasser geworfen. Die andere Person ging dann zu dem Boot, zog es ins Wasser (E) und ließ es davon treiben. Das beweist, daß Berringer das Opfer war, denn er hätte sein Boot wohl schwerlich abtreiben lassen. Der Mörder machte sich dann in Richtung Westen aus dem Staub.
4. Ja, und das von jemandem, der wußte, daß Berringer mit seinem Boot unterwegs war und auf seine Rückkehr gewartet hatte. Der Mörder versteckte sich hinter den Büschen und rauchte (C). Also können es nicht Berringer oder seine Frau gewesen sein, die als strenggläubige Mormonen selbstverständlich nicht rauchten. Folglich bleibt nur noch eine Person übrig, die wußte, daß Berringer mit seinem Boot unterwegs war, und auch allen Grund hatte, ihn zu beseitigen: der Gärtner.

Berringers Gärtner, Oliver Snow, hatte eine Vielzahl vergnüglicher Stunden mit Adele zugebracht, während ihr Mann herumsegelte. Und er fand, daß nun die Zeit für ein würdiges Seemannsbegräbnis gekommen sei.

# *Ein Bomben-Mord*

1. Randall Joad tötete Iver.
2. Das wichtigste Beweisstück sind die zwei Papierfetzen, die offensichtlich vom Etikett einer Blechdose stammen.

Das obere Fragment zeigt die Buchstaben ATZIS (wahrscheinlich Teil eines Markennamens), die Zeichnung scheint einen Teil eines Katzengesichtes zu zeigen. Wahrscheinlich handelt es sich hier um eine Dose mit Katzenfutter, da die meisten Benennungen für Katzenfutter sich aus Worten wie Katze, Pussi etc. ableiten. Das untere Fragment bestätigt diese Annahme. INEM HÜHN bedeutet wahrscheinlich MIT FEINEM HÜHNERFLEISCH und TZENFUT offensichtlich KATZENFUTTER. Die Buchstaben ORIEN VER heißen sicherlich KALORIEN VERMINDERT. Mit anderen Worten: Es handelt sich hier um Katzenfutter für Katzen mit Übergewicht.

Natürlich könnte sich jeder der Verdächtigen eine solche Dose Diät-Katzenfutter gekauft haben, den Inhalt weggeworfen und aus der leeren Dose eine Bombe gebastelt haben, doch scheint es wahrscheinlicher, daß der Attentäter irgendeine Dose, die ihm gerade zur Hand war, benutzt hat. Amberson hatte bestimmt keine Katze, da er gegen Tierfelle allergisch ist, ebenso Loomis, dessen Kind Angst vor Katzen hat. Martin hatte Katzen vergiftet, war also nicht gerade ein Katzenliebhaber. Joad hingegen lebte mit seiner Mutter, umgeben von drei übergewichtigen Katzen.

Man fand mehrere Dosen Katzen-Diät-Futter der Marke KATZISCHLANK in Joads Wohnung; ihre Papieretiketten stimmten mit den Fragmenten der Bombe überein. Als man Joad mit dieser Tatsache konfrontierte, gestand er die Tat, ohne zu zögern.

# Digby Oxwells detektivischer Nachlaß

Brill ist der Lügner und somit auch der Mörder.

Lösung:

**A.** Wenn Alberts lügt, dann muß Brill die Wahrheit sagen und Carter muß lügen. Aber da (Aussage 7) es nur einen einzigen Lügner gibt, kann es nicht so sein. Deshalb sagt Albers die Wahrheit.

**B.** Wenn Derwent lügt (Aussage 3), muß auch Brill lügen. Das bedeutet wiederum (Aussage 7), daß Derwent die Wahrheit sagt.

**C.** Da Albers die Wahrheit sagt, wenn Munson ebenfalls die Wahrheit sagt, müssen Brill oder Carter die Lügner sein. Wir wissen aber (Aussage 2), daß, wenn Brill die Wahrheit sagt, auch Carter die Wahrheit sagt, und wenn Carter lügt, auch Brill lügt. Wenn also Munson die Wahrheit sagt, kann nur noch Brill der Lügner sein.

**D.** Folglich lügt entweder Munson oder Brill. Da aber Munson das praktisch zugibt (Aussage 6), sagt er die Wahrheit. Also ist Brill der Lügner.

# Verräterische Kritzeleien

1. Er verhaftete Athanasius Wunder.
2. Alle Kritzeleien der vier Direktoren verdeutlichen das Gefühl großer Abneigung und Furcht gegenüber Garcannon. Wunders Zeichnungen aber zeigen mehr und anderes: a. die gewundenen Hörner eines Widders; b. einen ausgestopften Tierkopf; c. ein Tigerfell, das an der Wand hängt. Nur wenige Stunden zuvor hatte der Mörder ähnliche Trophäen in Garcannons Haus gesehen. Und es ist doch seltsam, daß solche Bilder ausgerechnet jetzt durch Wunders Kopf gehen sollten, da er doch angeblich nie in Garcannons Haus gewesen war.

Nach seiner Festnahme gab Wunder zu, daß er in der vorangehenden Nacht bei Garcannon gewesen sei, da dieser ihm seine Entlassung habe persönlich mitteilen wollen. Er habe ihn entlassen wollen, weil Wunder eine Fabrik für Gipsfiguren von tanzenden Zwergen gekauft hatte.

# Das tödliche Testament

1. Edward tötete Matthew Singer.
2. Unser Wissen über den Inhalt des Testamentes und des Zusatzes legt die Vermutung nahe, daß sicher nicht zwei Personen in den Mord verwickelt sind. Wer würde schon seinen Anteil gefährden wollen, um an einem riskanten Verbrechen beteiligt zu werden? Und Singer hatte ja angedeutet, daß nur eine Person enterbt worden war.

Erica besuchte Singer um 12.05 Uhr. Singer lebte noch, als Bertie ihn besuchte, also ist Erica unschuldig. Der nächste Gast war Rosalind, die somit Bertie entlastet. Also haben Edward oder Rosalind den Mord begangen. Entweder:

a. tötete Rosalind den alten Anwalt, war aber nicht in der Lage, das wichtige Papier in die Hand zu bekommen. Edward versteckte es in einem Buch, aber sie ging zurück, fand und vernichtete es; oder
b. Edward tötete Singer, nahm das Beweisstück an sich und vernichtete es.

Edward sagte aus, daß er sich sorgfältig die Seiten, zwischen die er das Papier gelegt habe, gemerkt habe, Seite 49 und Seite 50. In dem Buch »Unsichtbares Grün«, wie übrigens auch in jedem anderen Buch, ist die Seite 50 stets die Rückseite der Seite 49. Also log Edward, und diese Lüge konnte nur den Zweck haben, den Verdacht von ihm auf Rosalind zu lenken. Doch vergebens. Heute arbeitet Edward in der Gefängnisbibliothek.

# Wie im Kriminalroman

1. Der früheste Zeitpunkt, an dem der Mord an Agnes Day geschehen sein kann, liegt gleich nach dem Telephongespräch mit der Polizei. Das kann nicht früher sein als 8.32 Uhr. Der späteste Zeitpunkt ist 9.12 Uhr.
2. Keine. Henrietta Sturgemoore konnte das Haus nicht vor 9.30 Uhr erreichen. Bradford Fyle war von 9.03 Uhr bis 9.53 Uhr im Zug und konnte das Haus nicht früher erreichen. Monty Day landete um 9.48 Uhr mit seinem Helikopter in Harefield, das sich 2 Stunden und 31 Minuten weit vom Bungalow entfernt befindet. Er konnte also überhaupt nicht am Haus gewesen sein. Jacquetta Llewellyn konnte das Haus nicht vor 9.47 Uhr erreichen. Und Nora Barnes hatte überhaupt keine Möglichkeit, zu dem Haus zu gelangen.
3. Da keiner der Verdächtigen innerhalb der möglichen Zeit am Haus sein konnte, muß der Mord an einem anderen Ort stattgefunden haben.
4. Jacquetta Llewellyn. Auch wenn es ihr nicht möglich war, das Haus vor 9.47 Uhr zu erreichen, konnte sie doch mit Agnes Day zusammentreffen – und zwar, wenn Mrs. Day ihr mit dem Fahrrad entgegengekommen ist. In diesem Fall kann Jacquetta den Mord begangen haben. Und da sie die einzige Person ist, die Agnes in der Zeit zwischen 8.32 Uhr und 9.12 Uhr getroffen haben kann, muß sie die Mörderin sein.

Offensichtlich radelte Agnes ihr entgegen, um sie zu treffen. Vielleicht hatten sie sich verabredet, um in Ruhe einmal miteinander zu reden, oder Agnes hatte gehofft, sie könne ihre ehemalige Sekretärin dazu bringen, sie mit ihren Schmähungen zu verschonen. Vielleicht wollte Agnes Day auch eine finanzielle Einigung über den ewigen Streitpunkt vorschlagen. Warum auch immer – sie trafen sich auf der Straße. Jacquetta war nur 40 Minuten oder weniger gefahren und hatte nur $^{8}/_{15}$ der Strecke zurückgelegt. Sie und Agnes trafen sich und sprachen miteinander, woraufhin sie die Gelegenheit ergriff, die Schriftstellerin zu erwürgen. Dann legte sie den Körper in ihren Wagen, verstaute das Fahrrad im Kofferraum und fuhr zum Bungalow. Hier setzte sie den toten Körper an die Schreibmaschine und fuhr davon.

Keine der anderen Personen kann auf ähnliche Art und Weise mit Agnes zusammengetroffen sein oder sie gar ermordet haben. Henrietta Sturgemoore hätte möglicherweise beim Herumwandern Agnes auf ihrem Fahrrad treffen können. Aber das hätte bedeutet, daß Agnes ein wahrer Teufelraser hätte sein müssen, und wie hätte die Leiche dann zurück ins Haus gebracht werden können? Nora und Bradford hatten schon rein physisch keine Möglichkeit, Agnes zu treffen. Und Monty flog eindeutig in die andere Richtung, also konnte ein Zusammentreffen mit ihm auch nicht geschehen. Nur Jacquetta konnte es tun.

Jacquetta Llewellyn ist nun dabei, einen spannenden Roman über einen Gefängnisausbruch zu schreiben: »Freiheit für den Mörder«.

# Ein Fall von Comic-Napping

Morgan Lamb hat den Erpresserbrief geschrieben. Obwohl die Handschrift dieses Briefes offensichtlich verstellt ist, zeigen sich gewisse typische Eigenheiten von Lambs eigener.

1. Das *eine* in »Scheinen« ähnelt stark dem *eine* in »seiner« – außer, daß der Erpresserbrief eine andere Art von *e* gebraucht. Dieses auffällige *e* kommt allerdings sowohl im Brief als auch in Lambs Handschriftprobe vor.
2. Das *be* von »betrachtet« (Lambs Schriftmuster) und in »besorgen« (Brief) sind völlig gleich.
3. Das Wort »oder« in beiden Texten ist gleich, obwohl Lamb versuchte, die Neigung seiner Schrift zu verändern.
4. Das Wort »in« ist in beiden Fällen identisch.
5. Das *em* in »Ihrem« (Brief) und »extrem« (Probe) sind gleich.
6. Morgan Lambs Eigenheit, zwischen den Silben zu unterbrechen statt in einem Zug weiterzuschreiben, zeigt sich sowohl im Erpresserbrief wie auch in seinem Schriftmuster.

Lamb wurde mit diesen Tatsachen konfrontiert und aufgefordert, das Comic-Heft auf der Stelle zurückzugeben. Ein riesiges Ausrufezeichen erschien für einen Moment über seinem Kopf in der Luft, bevor er sich geschlagen gab.

# Lucky Lasagnes Tod

1. Folgt man der Numerierung auf der Illustration, ergibt sich folgende Sitzordnung:

| | | | |
|---|---|---|---|
| 1 | Big Al Scarlatti | 7 | Bugsy Donizetti |
| 2 | Joe Scarlatti | 8 | Leo Da Vinci |
| 3 | Klein Cäsar Borgia | 9 | Legs Galvani |
| 4 | Vic Verdi | 10 | Jimmy Giotto |
| 5 | Lucky Lasagne | 11 | Tony Sforza |
| 6 | Nails Garibaldi | 12 | Dan Aligheri |

2. Der Mörder, der auf Stuhl Nummer 9 saß, ist Legs Galvani aus Los Angeles.

   Wir gehen davon aus, daß die Numerierung der Plätze und die der zwölf Aussagen identisch ist (also wie auf der Zeichnung zu sehen), da der Kellner den Tisch im Uhrzeigersinn umschreitet, die erste Aussage von einem Kopfende kommt, und der zweite Sprecher sich darüber beklagt, daß er mit dem Rücken zur Türe sitzt. Die Aussagen ergeben folgendes Bild:

   *Aussage 2:* Jimmy Giotto (A) kann nur in der Stuhlreihe 7 bis 12 sitzen.
   *Aussage 3:* (A) sitzt drei Plätze weit von Bugsy Donizetti (B) entfernt.
   *Aussage 4:* Lucky Lasagne (C), Nails Garibaldi (D) und Bugsy (B) sitzen, mit Nails in der Mitte, zusammen.
   *Aussage 5:* (B) sitzt rechts neben Leo Da Vinci (E).
   *Aussage 7:* Big Al Scarlatti (F) sitzt an einem Kopfende und sein Sohn Joe Scarlatti (G) links von ihm.
   *Aussage 9:* Vic Verdi (H) sitzt gegenüber von (A).

Es ist anzunehmen, daß Big Al Scarlatti von sich nicht in der dritten Person redet, also ist Aussage 7 sicher nicht die seine (F).

Wenn man all diese Aussagen in möglichen Gruppierungen zusammenstellt, ergibt sich folgendes:

| 1 | 2 | 3 | 4 | 5 | 6 | 7 | 8 | 9 | 10 | 11 | 12 |
|---|---|---|---|---|---|---|---|---|---|---|---|
| F | G | | H | C | D | B | E | | A | | |
| F | G | H | | | C | D | B | E | | A | |
| F | G | | | | H | | A | C | D | B | E |

*Aussage 6:* Little Cäsars Nachname muß, nachdem alle anderen Namen sortiert sind, Borgia (I) sein. Dan Aligheri (J) sitzt dem Mann gegenüber, der neben (I) sitzt. Also müssen sie folgendermaßen sitzen:

| | | | | | | | | | | | | |
|---|---|---|---|---|---|---|---|---|---|---|---|---|
| Sitzt I auf Platz | 1 | 2 | 3 | 4 | 5 | 6 | 7 | 8 | 9 | 10 | 11 | 12 |
| dann sitzt J auf Platz | 2 | 7 | 12 | 11 | 10 | 9 | 8 | 1 | 6 | 5 | 4 | 3 |
| oder | 12 | 11 | 10 | 9 | 8 | 1 | 6 | 5 | 4 | 3 | 2 | 7 |

Kombiniert man diese Sitzmöglichkeiten mit dem oberen Sitzplan, ergeben sich folgende mögliche Kombinationen:

| 1 | 2 | 3 | 4 | 5 | 6 | 7 | 8 | 9 | 10 | 11 | 12 |
|---|---|---|---|---|---|---|---|---|---|---|---|
| F | G | I | H | C | D | B | E | | A | | J |
| F | G | J | H | C | D | B | E | | A | | I |
| F | G | H | | I | C | D | B | E | J | A | |
| F | G | H | | J | C | D | B | E | I | A | |

*Aussage 8:* Tony Sforza (K) und Legs Galvani (L) sitzen zwar auf derselben Seite des Tisches, aber voneinander getrennt.
*Aussage 11:* (L) sitzt nicht auf Platz 11.

Die neuen Kombinationen sehen nun so aus:

| 1 | 2 | 3 | 4 | 5 | 6 | 7 | 8 | 9 | 10 | 11 | 12 |
|---|---|---|---|---|---|---|---|---|---|---|---|
| F | G | I | H | C | D | B | E | L | A | K | J |
| F | G | J | H | C | D | B | E | L | A | K | I |

In der zweiten Kombination würde Borgia allerdings von sich selber sprechen, also ist die erste Version F G I ... die richtige. Das paßt auch mit den Aussagen über die verschiedenen Städte zusammen. Die vollständige Liste sieht also so aus:

| | | | |
|---|---|---|---|
| (F) | 1 | Big Al Scarlatti | Kansas City |
| (G) | 2 | Joe Scarlatti | Kansas City |
| (I) | 3 | Little Cäsar Borgia | Las Vegas |
| (H) | 4 | Vic Verdi | Chicago |
| (C) | 5 | Lucky Lasagne | New York |
| (D) | 6 | Nails Garibaldi | New York |
| (B) | 7 | Bugsy Donizetti | New York |
| (E) | 8 | Leo Da Vinci | Chicago |
| (L) | 9 | Legs Galvani | Los Angeles |
| (A) | 10 | Jimmy Giotto | Chicago |
| (K) | 11 | Tony Sforza | Los Angeles |
| (J) | 12 | Dan Aligheri | Chicago |

# Ein paar Georges zuviel

1. Der erste George lügt ganz bestimmt mit seiner Penny-Geschichte. Ein König heißt nie »der Erste«, solange er noch lebt und es noch keinen »Zweiten« gibt. Und in England ist es üblich, nur das Abbild eines lebenden Königs auf die Münzen zu prägen.

   Der zweite George lügt mit seiner Erzählung über den Besuch der Olympiade. 1940 fand gar keine Olympiade statt.

   Der vierte George lügt auch auf recht ungeschickte Art und Weise, denn auf Schweizer Briefmarken steht nicht das Wort SCHWEIZ, sondern HELVETIA.
2. Der dritte George könnte möglicherweise die Wahrheit sagen. In Sibirien wurden wirklich Mammuts gefunden und Mammut-Steaks gegessen. Daß George an einer solchen Expedition teilgenommen haben könnte, mag unwahrscheinlich klingen, aber es wäre ebenso möglich.

   Der dritte George erbte also Herkimer Wumps Vermögen. Mit einem Teil dieses Geldes gründete er den »International Liars Club« (einen internationalen Verein für Lügner), der jedes Jahr einem großen, überzeugenden Lügner einen goldenen Pokal verleiht, den sogenannten Wump-Erinnerungs-Pokal. Und wer das glaubt, dem kann man offensichtlich alles erzählen.

# Eine brennende Botschaft

1. Der Original-Brief lautet:

Meine liebste Karen,
sicher wunderst Du Dich, warum ich Dir einen Brief in Dein Büro schicke. Aber was ich Dir zu sagen habe, ist zu privat für die Telefonzentrale und ich kann Dich auch nicht zu Hause anrufen oder Dir dorthin schreiben. Ich habe gerade etwas über Raoul gehört, was Du unbedingt wissen mußt. Seine rabiaten Eifersuchtsanfälle sind nichts Neues. Heute, bei der Probe habe ich erfahren, daß eine meiner Schauspiel-Kolleginnen, Jenny Smith, Raoul aus Birmingham kennt. Sie sagt, daß er verrückt und gefährlich ist. Die Frau, mit der er dort zusammengelebt hat, landete übelst zusammengeschlagen im Krankenhaus und war für 3 Tage im Koma. Sie erstattete keine Anzeige gegen ihn, aber erzählte die Geschichte Jenny, die eine Cousine von ihr ist. Ich glaube, Du befindest Dich in wirklicher Gefahr. Wenn Du Jenny selbst fragen möchtest, komm nach der Probe um 16.00 Uhr ins Theater. Aber sei vorsichtig bis dahin.

In Liebe

Derek

Um die folgenden Fragen zu beantworten, ist es nicht nötig, den Brief Wort für Wort zu rekonstruieren.

2. Derek schrieb diesen Brief an Karen.
3. Nein. Er wußte erstens nicht, daß Raoul wegen des Regens rechtzeitig genug zurückkommen würde, um als Verdächtiger in Frage zu kommen. Er konnte zweitens nicht damit rechnen, daß Raoul den Revolver in die Hand nehmen und noch einmal feuern würde (Fingerabdrücke und Paraffin-Test).
4. Es wäre schon möglich, das anzunehmen; aber hier handelt es sich offensichtlich nicht um ein geplantes Verbrechen.
5. Raoul tötete Karen. Er kam nach Hause, sah Derek das Haus verlassen und ging in die Wohnung. Er und Karen hatten dann einen lautstarken Streit, in dessen Verlauf Karen Raoul den Brief zeigte. Er griff daraufhin zum Revolver und erschoß sie.

Als ihm auffiel, was er in seiner Rage getan hatte, begann er, sich ein Alibi zurecht zu legen: Er kaufte Lebensmittel, verstreute sie, wie aus Schreck fallengelassen, auf dem Boden und feuerte dann die Waffe noch einmal ab (jedermann kennt den Paraffin-Test), um seine vorherigen Schüsse zu kaschieren. (Hätte er gewußt, daß Derek in dem Theaterstück ebenfalls schoß, hätte ihm das bei der Planung seines Alibis möglicherweise geholfen; aber an sich war das für sein Alibi nicht besonders wichtig.) Zuletzt versuchte er, den verräterischen Brief im Aschenbecher zu verbrennen.

# Raum 918

1. Ja. Es könnte sein, daß der Hoteldiener kurz nach dem Schuß aus Raum 918 kam, und daß in dem Anzug auf dem Kleiderbügel, den er bei sich hatte, ein abgesägtes Gewehr versteckt war. Wenn er unschuldig wäre und aus Raum 919 herauskam, scheint es doch recht eigenartig, daß er sich ganz »normal« benommen hat, nachdem er doch den Schuß auch gehört haben muß und dennoch einfach davon ging.
2. Nein. Nicht nur, daß Bissell ein ehrenwerter Mann ist, sondern: Warum hätte er denn in diesem Punkt lügen sollen?
3. Nein. Wiederum gibt es weder für Bissell noch Carson einen Grund, in diesem Punkt zu lügen. Darüber hinaus bestätigt der Hoteldetektiv den Zeitpunkt, zu dem Carson nach oben ging und Bissell nach unten kam. Beide sagen die Wahrheit.
4. Der Geiger kam aus einem Eckzimmer (vergleichbar Raum 915), das, wie Bissell ausgesagt hat, neben dem Zimmer lag, das er bewachte.
5. Bissell stand weder zum Zeitpunkt des Schusses noch zu einer anderen Zeit während seiner Wache vor Zimmer Nr. 918. Das liefert auch die wahrhaft simple Erklärung für den Tatbestand, daß er den Schuß gar nicht hören und Carson gar nicht treffen konnte, weil er nämlich einen Raum in einem anderen Stockwerk bewachte.

   Alden, der Hotelmanager, brachte ihn im Bediensteten-Aufzug nach oben, geleitete ihn zur Türe und verließ ihn dort um 20.03 Uhr. Als Bissell auf der Türe das Schild mit der Nummer 918 las, hatte er keinen Grund, etwa anzunehmen, daß er die falsche Türe bewache.

   Alden hat ausgesagt, daß er Bissell mit dem Bediensteten-Aufzug nach oben gebracht habe, um seinen Gästen den Anblick eines uniformierten Wachmannes zu ersparen. Bissell trug jedoch zu diesem Zeitpunkt bereits Zivilkleidung, war also als Wachmann gar nicht zu erkennen. Der wahre Grund dafür ist, daß er Bissell verwirren wollte. Als Bissell zum ersten Mal zu Zimmer 918 hochfuhr, benutzte er den Hauptaufzug. Indem Alden ihn vom Bediensteten-Aufzug – also aus einer anderen Richtung des Flures – zu dem vorgesehenen Zimmer führte, bemerkte Bissell nicht, daß er nicht das Zimmer 918, sondern das

Zimmer 816 bewachte – man hatte das Zahlenschild einfach auf den Kopf gestellt angeschraubt. So kam es, daß das Nachbarzimmer, aus dem der Geiger kam, das Eckzimmer 815 war; und so kam es auch, daß sich Bissell und Carson nicht treffen konnten, da sie sich ja in unterschiedlichen Stockwerken befanden.

6. Alden, der Hotelmanager. Nur er konnte diesen raffinierten Zimmernummern-Tausch vornehmen, nur er wußte mit Sicherheit, daß Zimmer 816 leer sein würde und Zimmer 918 von Vito bewohnt wurde. Er konnte das Nummernschild umdrehen, Bissell im Bediensteten-Aufzug zum falschen Raum bringen und dem Mafia-Killer ein Hoteldiener-Outfit besorgen. Und er war es, der den Detektiv wegen einer unbedeutenden kleinen Taschendieberei von Zimmer 918 hinunter in die Halle beorderte.

Als man Alden mit diesen Tatsachen konfrontierte, gestand er, ohne allzulange zu zögern. Nun sitzt er hinter Gittern – und das launige Schicksal hat es so gewollt, daß er die Gefangenen-Nummer 918 0 816 an seiner Zellentüre hat.

# *Man nehme ...*

**1.** Die vollständige Tabelle sieht so aus:

Abkürzungen:

| | | | |
|---|---|---|---|
| HI: | Hirsch | PF: | Pommes frites |
| HU: | Huhn | KP: | Kartoffelpüree |
| FO: | Forelle | SP: | Spinat |
| LZ: | Leber mit Zwiebeln | ER: | Erbsen |

| | Pâté | | | | Krabben | | | | Suppe | | | | |
|---|---|---|---|---|---|---|---|---|---|---|---|---|---|
| | HI | HU | FO | LZ | HI | HU | FO | LZ | HI | HU | FO | LZ | Insges.: |
| 1 nichts | 0 | 0 | 0 | 0 | 0 | 0 | 0 | 0 | 0 | 0 | 0 | 5 | 5 |
| 2 PF | 0 | 0 | 0 | 0 | 0 | 0 | 0 | 0 | 0 | 0 | 0 | 0 | 0 |
| 3 KP | 2 | 3 | 0 | 0 | 0 | 0 | 0 | 0 | 0 | 0 | 0 | 7 | 12 |
| 4 SP | 0 | 0 | 0 | 0 | 0 | 0 | 0 | 0 | 3 | 6 | 3 | 7 | 19 |
| 5 ER | 0 | 0 | 3 | 0 | 0 | 0 | 3 | 0 | 0 | 0 | 4 | 0 | 10 |
| 6 PF/KP | 0 | 0 | 0 | 0 | 0 | 0 | 0 | 0 | 0 | 0 | 0 | 0 | 0 |
| 7 PF/SP | 0 | 0 | 0 | 0 | 0 | 0 | 0 | 0 | 0 | 0 | 0 | 7 | 7 |
| 8 PF/ER | 0 | 0 | 0 | 0 | 0 | 0 | 0 | 0 | 0 | 0 | 0 | 0 | 0 |
| 9 KP/SP | 0 | 0 | 0 | 0 | 0 | 0 | 0 | 0 | 9 | 5 | 3 | 7 | 24 |
| 10 KP/ER | 1 | 6 | 3 | 0 | 18 | 7 | 7 | 5 | 4 | 0 | 2 | 7 | 60 |
| 11 SP/ER | 0 | 0 | 0 | 0 | 0 | 0 | 0 | 0 | 5 | 3 | 3 | 7 | 17 |
| 12 PF/KP/SP | 0 | 0 | 0 | 0 | 0 | 0 | 0 | 0 | 0 | 0 | 0 | 0 | 0 |
| 13 PF/KP/ER | 0 | 0 | 0 | 0 | 0 | 0 | 0 | 0 | 0 | 0 | 0 | 0 | 0 |
| 14 PF/SP/ER | 0 | 0 | 0 | 0 | 0 | 0 | 0 | 0 | 0 | 0 | 0 | 0 | 0 |
| 15 KP/SP/ER | 0 | 0 | 0 | 0 | 0 | 0 | 0 | 0 | 0 | 0 | 0 | 0 | 0 |
| 16 alle vier | 0 | 0 | 0 | 0 | 0 | 0 | 0 | 0 | 0 | 0 | 0 | 0 | 0 |
| Insgesamt: | 3 | 9 | 6 | 0 | 18 | 7 | 10 | 5 | 20 | 14 | 15 | 47 | 154 |

**2.** Die einzige Kombination, die nur einer gegessen hat, steht in Kolumne 1. Angenommen, die Theorie vom Zusammenwirken verschiedener Gifte stimmt, dann ist Ernest Boggs an dem Menü aus Pâté, Hirschrücken Hubertus, Kartoffelpüree und Erbsen gestorben.

Wie es Bud Kleinhorse allerdings geschafft haben könnte, vorher genau zu wissen, was Ernie Boggs essen würde – dieses Rätsel ist noch nicht gelöst. Vielleicht unternehmen Sie bei der nächsten größeren Familienfeierlichkeit mal eine eigene Testreihe (mit unschädlichen Gewürzen, versteht sich). Nachrichten über das Ergebnis nehmen jede Polizeidienststelle oder der Verlag entgegen.

# *Mysteriöses im Motel*

1. Die zerstörte Matratze, das von Mad Dog Morton signierte Photo und der Geldbeutel der Farmdale Bank.
2. Nein. »John Smith« war eine Frau. Das zurückgebliebene Jackett wird von rechts nach links geknöpft. Und da sie ein Photo von Morton hatte, das von ihm signiert worden war, liegt es nahe, daß sie Mortons Freundin war.
3. Auf dem Flughafen, von wo er nach Rio fliegen will.
4. Sie ist mit großer Wahrscheinlichkeit tot oder entführt worden. Ein möglicher Platz, wo sie sein könnte, ist der Leihwagen, der am Flughafen stehen wird.
5. Die Frau mietete das Zimmer eine Nacht vor Mortons Flucht. Sie hatte sich als Mann verkleidet, ihr Koffer war voller Geld, und außerdem hatte sie zwei Flugtickets nach Rio und zwei Pässe dabei. Als Morton auftauchte, zählten sie die Beute. Es ergab sich eine Summe von 676 072 Dollar, fast 125 000 Dollar weniger als die ursprünglich gestohlene Geldsumme. Nun, ein Teil des Geldes war sicher für die falschen Pässe und die Flugtickets draufgegangen. Vielleicht noch ein wenig mehr für einige Schmiergelder, die Mortons Flucht möglich gemacht hatten – aber der Rest? Sie stritten, worauf Morton die Frau mit Klebeband fesselte und sie knebelte (es wurden ja keine Schreie gehört). Er zerriß dann die Matratze, um nach dem fehlenden Geld zu suchen. Dann stopfte er die Dame in den Kofferraum – ihren Paß und ihr Flugticket ließ er im Motelzimmer zurück – und fuhr zum Flughafen, um sein Flugzeug um 12.00 Uhr noch zu erwischen. Als er das Flugzeug betreten wollte, wurde er von der Polizei festgenommen. Sie fanden seine frühere Freundin gefesselt und geknebelt im Kofferraum des Mietwagens.

Und das fehlende Geld? Nun, hier hatte es sich offensichtlich um einen kleinen arithmetischen Additionsfehler gehandelt – denn, als man noch einmal nachzählte, waren noch genau 776 072 Dollar da.

# Glückliche Familien

Der Mann mit dem Buchstaben I und die Frau mit dem Buchstaben T sind die Entführer der kleinen Emily.

T hat einen Tennisschlägerspanner und I hat den Tennisschläger. R bezahlt gerade den Stuhl, auf dem H sitzt, bei dem Vermieter. S bezahlt den Photographen, wahrscheinlich, damit dieser N photographiert, der den Papageien des Photographen auf der Schulter hat. Wie wir schon wissen, bringt O gerade die Ruder zu dem Boot, in dem Emily E steht. C hält eine Kinderbadehose in der Hand, und das einzige Kind ohne Badehose ist D. F hält eine Hundeleine in der Hand, während ihr Kind J mit dem Hund herumtobt.

Der eingegrabene Mann, G, hat einen Sonnenschirm, also ist er nicht Ls Mann. Er hat auch eine Zeitung; also ist er weder Fs Mann, die eine Zeitung neben sich liegen hat, noch As Mann, die eine Zeitung als Sonnenschutz trägt. Er hört Radio und ist somit nicht Cs Ehemann, die ebenfalls ein Radio hat. Er muß Ms Ehemann sein.

A trägt drei Eishörnchen, also ist der Junge N, der bereits ein Eis schleckt, nicht ihr Sohn. Bis jetzt haben wir also folgendes Ergebnis:

| Mann | Frau | Kind |
|---|---|---|
| I | T | ? |
| S | ? | N |
| ? | C | D |
| R | H | ? |
| O | ? | E |
| ? | F | J |
| G | M | ? |

P öffnet Q eine Flasche. Dieser zeigt irgendwohin, vielleicht um anzudeuten, daß noch eine andere Flasche geöffnet werden soll. Das kann nicht die Flasche von D sein, denn die ist ja bereits offen. Könnte es Fs Flasche sein? Wir wissen aus der oben aufgestellten Liste, daß Fs Ehemann entweder P oder Q sein muß. Wenn es P ist, gibt es eigentlich keinen einleuchtenden Grund dafür, warum er erst die Flasche eines Fremden und dann ihre öffnen sollte. Also ist sie Qs Frau. Das bedeutet, daß C Ps Frau ist und D ihr Sohn, dessen Sodaflasche schon geöffnet ist.

Kind B sitzt neben einem Männerschuh, der zu drei Männern gehören könnte. I trägt zwar nur einen Schuh, aber ebenfalls einen rechten. Und P ist, wie wir bereits wissen, Ds Vater. Also muß der Besitzer des Schuhs der eingegrabene Mann G sein.

K hat einen Eimer, zu dem eigentlich eine Schippe gehört. Neben L liegt zwar eine solche Schippe, doch K kann nicht Ls Kind sein, da L ja nur die Mutter von N oder E sein kann (siehe Liste). Aber da lugt noch eine andere Schippe aus Hs Tasche, und da alle anderen Kinder bereits vergeben sind, muß K Hs Kind sein. Hier also die vollständige Familien-Liste:

| Mann | Frau | Kind |
|---|---|---|
| I | T | – |
| S | L | N |
| P | C | D |
| R | H | K |
| O | A | E |
| Q | F | J |
| G | M | B |

Also können die beiden Entführer nur I und T sein. Mit Hilfe der Photographie konnten sie innerhalb weniger Stunden gefaßt werden, und Emily kehrte in die Arme ihrer glücklichen Eltern zurück.

**Wer ist der beste Dektiv?**
**Von Austin Ripley**
246 Seiten mit 61 einfarbigen Abbildungen
Gebunden, mit Schutzumschlag

Messen Sie sich mit Meisterdetektiv Professor Fordney!

Die kriminalistischen Knobeleien des ehemaligen Polizisten Austin Ripley sind eine Perle der Detektivrätsel-Literatur: Sechzigmal wird Professor Fordney gebeten, ungeklärte Fälle zu lösen, und stets gelingt es ihm, nur mit Hilfe weniger Angaben den Schuldigen zu entlarven, sein Motiv aufzudecken oder die Waffe zu benennen. Und Ihnen?
Jedes der 60 Kriminalrätsel enthält alle Hinweise und Fakten, die erforderlich sind, um den Fall zu lösen. Nun kommt es auf Ihren Scharfsinn an!

**Mathematische Rätsel und Spiele**
**Von Sam Loyd und Martin Gardner**
283 Aufgaben und Lösungen
Gebunden, mit Schutzumschlag

Der Denksport-Klassiker für kluge Köpfe und solche, die es werden wollen. Eine Herausforderung an Intellekt und Fantasie – und wenn die einmal am Ende sind, hilft der Lösungsteil. Spannend, unterhaltend, humorvoll ist jede Aufgabe in eine kleine Geschichte verpackt und mit den wunderbaren Originalzeichnungen illustriert.

*»Reizvoll in Anekdoten verpackte Rätsel, die weltberühmt wurden.«*
FRANKFURTER RUNDSCHAU

**Mathematische Zaubereien**
**Von Martin Gardner**
115 Karten-, Würfel- und Münztricks, mathematische Spiele und Zauberkunststücke
Mit einem Vorwort von Alexander Adrion
Gebunden, mit Schutzumschlag

So zauberhaft kann Mathematik sein!

Martin Gardner ist ein Meister magischer Kabinettstückchen und Erfinder trickreicher Zaubereien. Alle 115 unterhaltsamen Spiele und Zauberkunststücke haben etwas mit Mathematik zu tun, setzen jedoch kein Verständnis für mathematische Zusammenhänge voraus. Martin Gardner stellt Aufgabe und Präsentation vor und erläutert anschließend den »Trick« – der diese Zaubereien ohne große Vorbereitung zu verblüffend effektvollen Kunststücken macht. Spielerisch führen sie die zugrunde liegenden Gesetze aus Geometrie und Arithmetik vor Augen.